吉田雄亮

# 騙し花 草同心江戸鏡

実業之日本社

実業之日本社文庫

# 騙し花　草同心江戸鏡／目次

# 騙し花　草同心江戸鏡

# 第一章　盗人の昼寝

## 一

俗に雷門《かみなりもん》と呼ばれ、仲見世《なかみせ》へとつづく金龍山浅草寺《きんりゅうざんせんそうじ》の風雷神《ふうらいじん》門の門前は、参詣客で賑わっていた。

突然……。

「馴《な》れ馴れしく声をかけやがって、ふざけるんじゃやねえ」

わめき声が上がり、人混みが二つに割れた。

野次馬たちが遠巻きにして見つめている。

その輪のなかに、殴り倒されたらしく頬を押さえ、尻餅をついた五十がらみの旅姿の男が、恐怖に怯《おび》えきっていた。

見るからに人相の悪い、遊び人とおもわれる男三人が、旅姿の男を囲んで見下ろしている。

旅姿の男の正面に立った兄貴格らしい男が、凄《すご》みをきかせていった。

「火焔《かえん》一家のおれたちに、何の用があるんだ。事と次第によっちゃあ、ただじゃすまねえぜ」

「私は、ただ道を聞きたくて、それで」

応えた旅姿の男の声が、かすれて揺れている。

別の男が、怒鳴《どな》った。

「道を聞きたいだと。江戸じゃ、人に用を頼むときには、礼金をくるんだ紙包みを差し出して口をきくもんだ。それが当たり前なんだよ」

他の男も凄む。

「この野郎、人をただで使うつもりだったのかよ」

「そ、そんなつもりは。お礼なら、お払いします」

旅姿の男が、懐《ふところ》から巾着《きんちゃく》をとりだした。

「巾着ごと寄越すんだ。この田舎《いなか》者め」

手をのばした兄貴格の顔に、飛んできた菅笠が直撃する。

よろけた兄貴格が、菅笠が投げられた方を睨みつけた。

ゆっくりと歩み寄る浪人の姿が見えた。

浪人は、秋月半九郎《あきづきはんくろう》だった。

旅姿の男に、半九郎が声をかける。

「旅の人、そいつらは嘘つきだ。生き馬の目を抜くといわれるお江戸でも、道を訊かれたくらいで礼金を寄越せなんて、けちなことをいう奴はひとりもいない」

いきり立って兄貴格が吠えた。

「痩せ浪人、痛い目をみるぜ」

不敵な笑みを浮かべて、半九郎が応じた。

「けちな兄さんがた、痛い目にあわせてくれるかい」

「てめえ、勘弁できねえ」

兄貴格が懐にのんでいた匕首《あいくち》を引き抜く。

他の男たちも匕首を抜いて構えた。

「喰らえ」

身を躱《かわ》した半九郎が、突きかかってきた男の手首に拳の一撃をくれる。

男が匕首を取り落とした瞬間、半九郎の迅速の当て身が男の鳩尾《みぞおち》に炸裂していた。

大きく呻《うめ》いて男が転倒する。

「やりやがったな」

吠えた兄貴格と、ほとんど同時に別の男が突きかかる。

半歩横に動いた半九郎が、別の男の後ろに回るや、匕首を握った手を摑み、兄貴格へ向かって突き出した。

手を摑んだ半九郎に力負けした男の匕首が、兄貴格の脇腹に突き立つ。

「げっ。てめえ、相手が、違う。馬鹿野郎」

手にした匕首を、兄貴格が半ば反射的に男の腹に突き立てる。

「兄貴、ひでえや」

よろけて倒れかかる兄貴格と男から跳び離れた半九郎が、尻餅をついたまま、呆然としている旅姿の男に声をかけた。

「長居は無用だ。逃げよう」

「逃げるんですか」

「そうだ。ちとやりすぎた。これ以上の面倒は御免だ。これはおまえさんのものだろう」

落ちていた菅笠をひろった半九郎が、立ち上がった旅姿の男の手を取って渡した。

「ここから離れよう。ついてこい」

「雷門をくぐるんですか。人が一杯いますよ」

「人混みに紛れたほうがいいんだ。こい」

男たちに目を向けて、旅姿の男がいった。

「あの連中、死にませんよね」

「大丈夫だ。腹の皮一枚突き刺しただけだ。数日、痛いだろうが、すぐ治る。いくぞ」

「お世話になります」

旅姿の男が半九郎に手を引かれるままについていく。

人だかりが二つに割れたところを、半九郎と旅姿の男が、雷門へ向かって駆け抜けた。

仲見世の人だかりのなかに半九郎たちの姿が吸い込まれ、やがて紛れて、どこへ消えたか定かではなくなった。

浅草寺の本堂の後ろの一帯は奥山と呼ばれ、軽業の小屋や矢場などが建ちならぶ盛り場であった。

## 二

その奥山のはずれに、半九郎と旅姿の男は立っている。

旅姿の男は、上総国《かずさのくに》の本納《ほんのう》の名主朝右衛門《あさえもん》の奉公人の茂作《もさく》と名乗った後、

「道を教えてくれないか、と声をかけたら『おれたちは忙しいんだ。野暮な田舎者とかかわっている閑《ひま》はねえ。厭な気分になっちまった。気分を悪くさせたのは、おめえだ。この落とし前を、どうつけるんだ。勘弁できねえ』とまくしたてられて、いきなり殴られたんです。助けていただいてありがとうございました」

と深々と頭を下げ、ことばを重ねた。

「これ以上、迷惑はかけられません。おいとまいたします」

再び、深々と頭を下げた茂作に、半九郎が訊いた。

「道を教えてくれ、という話だったが、どこへ行きたいんだ」

「蛇骨《じゃこつ》長屋へ行きたいのでございます」

「蛇骨長屋だと。蛇骨長屋の誰を訪ねたいのだ」

問うてきた半九郎に茂作が応じた。

「蛇骨長屋に住む末吉《すえきち》が、同郷の者でして。末吉の親父から『様子を見てきてくれ』と頼まれましたので、一度顔を見ていこうとおもいまして」

「訪ねていく末吉とは、油問屋に奉公している末吉のことか」

「御存知ですか」

笑みをたたえて半九郎がいった。

「偶然とはいえ、世間は狭いな」

「それは、どういうことでございますか」

怪訝《けげん》そうな顔をして、茂作が訊いてきた。

「おれの名は秋月半九郎。一介の素浪人だ。おれは蛇骨長屋に住んでいる。末吉とも、しょっちゅう顔を合わせている、いわばご近所さんみたいなものだ」

驚いて茂作が声を上げた。

「それは本当でございますか」

「退屈なので浅草寺まで、散歩がてらにぶらりと出てきたのだ。これから蛇骨長屋へ帰る。一緒にくるか」

「願ってもないことで。ありがとうございます」

微笑んだ茂作に、

「奥山の裏手の通りへ出て左に曲がり、ひとつめの辻を左へ折れて、浅草寺の境内沿いの道をまっすぐに行くと左手に蛇骨長屋がある。長屋の端に風呂屋があって、なかなか住み心地のよい長屋だ。行こう」

笑みを茂作に向けて、半九郎が足を踏み出した。

半歩遅れて茂作がつづいた。


蛇骨長屋に住む気ままな素浪人としか見えない秋月半九郎だが、その実体は南町奉行所の年番方与力、吉野伊左衛門《よしのいざえもん》支配下の草同心であった。

草同心とは、相次いだ外様大名たちの取り潰しにより町々にあぶれた、戦国時代の武士の気風を残す浪人たちにたいする警戒心から、元禄《げんろく》十五年（一七〇二）に江戸南北両町奉行所の他に設けられた中町奉行所、一度廃止されていた盗賊改《とうぞくあらため》の復活につづいてつくられた、陰の探索組織のことである。

草同心は、伊賀組や黒鍬《くろくわ》の者の次男、三男から選りすぐられた四十人によって結成され、南北両町奉行所の年番方与力四人の支配下に置かれていた。

幕府より陰扶持《かげぶち》三十俵を与えられた草同心は、浪人として江戸の町々に住み着き、それぞれ自分が住む町の近隣数町の様子を探り、異変の種を見いだしたら、上役にあたる年番方与力に密かに報告するように定められていた。

ただし、その草同心から年番方与力への報告は、ある程度、悪事の形がはっきりとわかる程度の確証がつかめたときに限る、との暗黙の取り決めがあった。

その取り決めゆえに草同心は、悪事の形が明らかになるまで単身での探索を余儀なくされた。

つねに危険と隣り合わせの探索を強いられる草同心には、探索のさなか、わが身に危険が及んだ場合や、極悪極まる悪人については、斬り捨て御免の特権が与えられていた。

その草同心の組織が結成されて十七年の歳月が流れた享保《きょうほう》四年（一七一九）、窮乏した幕府の財政立て直しに挑む八代将軍徳川吉宗《とくがわよしむね》は、江戸の人口が五十万人余、町の数が二百五十四町に達して、人口、町数とも今後も膨らみつづけることが予測されているにもかかわらず、中町奉行所の廃止を決断する。

その決断の裏には、南町奉大岡越前守忠相《おおおかえちぜんのかみただすけ》による、

「草同心の組織は滞りなく機能いたしまする」

との進言があったためといわれている。

が、中町奉行所が廃止された後、江戸で頻発する殺し、火付け、盗み、騙《だま》しなどの事件を、直接現場に出向いて動く探索方は、江戸南北両町奉行所合わせて定町《じょうまち》廻同心《まわりどうしん》十二人、臨時廻同心十二人、隠密廻同心四人にすぎなかったのである。

三

歩きながら半九郎は茂作に話しかけた。

「末吉はまだ二十代半ばの手代、本来なら住み込みで働いている年頃だが髪結床《かみゆいどこ》に勤めているお郁《いく》と相思相愛になって所帯をもったので、外に住むことが許されたと聞いている」

「一年ほど前に所帯をもったと末吉の親父から聞いております。末吉の親父は、名主さまの畑をまかされている貧しい小作人でございます。末吉が手代になり、所帯をもったことを嬉しそうに話していました」

「ふたりとも、まだ奉公先で働いている刻限だ。夜にならないと帰ってこない。それまで、おれの住まいにいればいい」

「何から何まで気配りしていただき、お礼の申し上げようもございません」

恐縮した茂作が、歩を移しながら頭を下げた。


井戸から汲んだ水を満たした手桶を下げて、住まいの前まできた南天堂《なんてんどう》が、露地木戸をくぐって入ってきた半九郎たちに気づいて、足を止めた。

大道易者の南天堂は、半九郎の隣りに住んでいる。暮れ六つ（午後六時）前に蛇骨長屋を出て、東仲町《ひがしなかちょう》の遊所のはずれで露店を開いて商いをしていた。

稼業柄、少しでも貫禄をつけようと考えて生やしているという、手入れのいきとどいた顎鬚《あごひげ》を撫でて、南天堂が半九郎に声をかけた。

「お客さんかい」

「末吉さんを訪ねてきた同郷の人だ。ひょんなことから知り合ってな」

「末吉さん？」

咄嗟《とっさ》におもいだせなかったのか、南天堂が首を傾げた。

が、すぐに得心したようにうなずいて、つづけた。

「油問屋の中森屋《なかもり》に奉公している人だな。おかみさんは髪結床で働いているお郁さんだ。おれとは、昼夜入れ違いで、あまり顔を合わすことはないが、たしか、まだ所帯をもって一年ぐらいしかたっていない、あつあつの仲だったよな」

「そのとおりだ」

「茂作といいます。お見知りおきを」

わきから茂作が、挨拶《あいさつ》をした。

「茂作さんかい。おれは南天堂という易者だ」

顔を半九郎に向けて、南天堂がことばを重ねた。

「まだ七輪に火が残っている。湯を沸かして、茶を入れて持っていくよ」

「頼む。男所帯で、お客さんがきても茶の一杯も出せない。どうしようかと考えていたところだ」

応じた半九郎に、

「じゃ、後でな」

にやり、として、南天堂が表戸に手をかけた。

一間しかない座敷で、半九郎と茂作が向かい合って座っている。

「伊藤派一刀流の高林《たかばやし》道場で月に三日ほど代稽古《だいげいこ》を務めて糊口《ここう》をしのいでいる素浪人だ」

と半九郎が自分のことを話し終えた頃、南天堂が湯の入った土瓶《どびん》と急須、湯呑み茶碗ふたつを載せた丸盆を抱えてやってきた。

丸盆を見て半九郎が訊いた。

「おれの湯呑みはないのか」

「ここは半さんの家だぜ。自分の湯呑みぐらいあるだろう」

と南天堂がいい返す。

「仕方がない。勝手まで取りにいくか」

のろのろと半九郎が立ち上がった。

## 四

茶を呑みながら、半九郎たちが丸盆を囲んでいる。

興味津々、顔を突き出すようにして南天堂が茂作に訊いた。

「茂作さん、江戸には何の用できたんだね。まさか末吉さんの様子を見にきたわけじゃないんだろう」

「それが、何といっていいか、まったく狐につままれたような話でして」

口をはさんで半九郎が問うた。

「都合が悪くなかったら、その狐につままれたような話というやつを聞かせてくれないか」

「都合が悪いも何も、さっきから、だれかに相談したい、とおもっていたくらいです」

「おれは、易者だ。人の話を聞くのが稼業みたいなもんだ。聞いたら、いい知恵が浮かぶかもしれないよ」

わきから南天堂が声を上げた。

「よい知恵をくださいまし」

南天堂に頭を下げて、茂作が話し始めた。

「実は、五年前に、器量のよい娘をわが屋敷に十年間奉公させれば、娘たちの給金分、年貢を減免してやってもよいが、と知行主の旗本二千石、河合郡兵衛《かわいぐんべえ》さまがいいだされまして」

名主の朝右衛門は、大横目ともいわれる近隣二十ヶ村の総名主でもあった。河合郡兵衛以外の旗本の知行地にもかかわっている。

ほかの知行主の旗本たちからは、そのような申し入れはなかった。

（悪い話ではない）

そう判じた朝右衛門は、河合郡兵衛の知行地の五人組たちとも相談し、河合の申し入れを受け入れた。

そのことにより、河合郡兵衛の知行地の年貢は、年四割から年三割五分に引き下げられた。娘たちの食い扶持も減り、多少ではあるが、農民たちの暮らしも楽になった。

しかし、いいことばかりではなかった。

奉公に出した娘たちがどうしているか、河合郡兵衛や家臣たちからは、何ひとつ話してもらえなかった。当然のことながら、娘たちからの連絡もなかった。

そこまで一気に話して、茂作は溜息《ためいき》をついた。

湯呑みを手に取り一口飲んで、茂作は、さらにつづけた。

「私の娘のお夕《ゆう》が、十六になった四年前に河合さまのお屋敷に奉公へ出ました。ふたりめの娘のお民《たみ》が、今年十六になり、冬には河合さまのところへ屋敷奉公に出ることに決まりました。年に六人、五年間で合わせ三十人の娘が奉公に出ています。お夕がどういう暮らしをしているか気になっていた私同様、娘のことを心配している親もおります。そこで私は名主さまに相談して、お夕の様子を見に河合さまのお屋敷を訪ねる許しをえたのです。しかし、お屋敷を訪ねてみたら、出てきた中間《ちゅうげん》が『お夕という名の女は屋敷にはいない』と取り付く島もない扱いでして」

目をしばたたかせて、茂作が黙り込んだ。

「おかしな話だな」

首を捻《ひね》った南天堂と半九郎が、顔を見合わせた。

目を向けて、半九郎が茂作に訊いた。

「これからどうする。明日も、河合様の屋敷を訪ねるのか」

「もちろんお訪ねしますとも。お夕が河合さまのご家来に連れられて、他の娘四人と一緒に本納から旅立っていくのを、私はこの目で見ております。お屋敷にいないなんて、そんなことがあるはずがない。何かの間違いです」

「そうか、行くか」

独り言のようにつぶやいて半九郎が、茂作を見つめた。

「明日、おれも河合様の屋敷についていこう。茂作さんひとりよりは、浪人とはいえ武士の端くれのおれがついていったら、相手のあしらいが変わるかもしれない」

横から南天堂が声を高めた。

「そうしてもらったら。半さんは、若いが、なかなか頼りになる」

「そのことは、よく存じております。一緒にいってもらいたい、とお願いしようと考えていたところでした」

応じた茂作に半九郎が問いかけた。

「ひとつ訊いておきたいことがある。去年、屋敷奉公に出された娘の名を教えてくれないか」

訝《いぶか》しげな顔をして、南天堂がいった。

「何で、そんなことを訊くんだ」

「ちょっとな」

短く応えて、半九郎が返事をうながすように茂作を見やった。

「他の村々からも屋敷奉公させられている娘たちがいるので、みんなの名はわかりませんが、本納から行ったのはお三《さん》とお豊《とよ》で」

「お三とお豊だな」

念を押した半九郎に、

「そうです」

と茂作が応じた。

話が一段落したのを見届けて、南天堂が茂作にいった。

「大道易者という稼業柄、夜帰るのが遅くなる。そのことが気にならなければ、時々泊まりにくる奴がいるんで、夜具が余分にひとり分ある。末吉さんのところは夫婦者だ。しかも所帯をもって、まだ一年ほど、泊まるのは気の毒だ。おれのところに泊まりな」

「ありがたい。宿をどうしようか、悩んでおりました。遠慮知らずの田舎者、そうさせていただきます」

破顔一笑して、茂作が頭を下げた。

## 五

「仕事の支度があるので、家に帰る」

と南天堂がいいだしたのをきっかけに、半九郎と茂作も隣へ移ることにした。

住まいに入り、持って行く筮竹《ぜいちく》などの商売道具を揃えながら、座敷に座った半九郎と茂作に南天堂がいった。

「いつも、おれは出がけに近くの蕎麦屋《そば》に寄って夕飯をすますことにしているんだ。お櫃《ひつ》に冷や飯が残っている。明日、おれが食べる握り飯一個分を残して、後は食べてもいいぞ。ふたりで握り飯ふたつぐらい食べられる分ぐらいはあるだろう。沢庵《たくあん》もある。適当に切って食べたらいい。冷や飯を食うのが厭だったら、近くの一膳飯屋にでもいったらどうだ」

　顔を茂作に向けて、半九郎が訊いた。

「茂作さん、どうするね」

「秋月さまにおまかせします」

「そうか。いったん落ち着いてしまったんで、外へ出るのも面倒だ。悪いが、握り飯ふたつの夕飯で我慢してくれ」

「何を仰有《おっしゃ》います。本来なら、いろいろ面倒みていただいたお礼に、夕飯ぐらいご馳走しなきゃいけないのに、こちらこそ申し訳ありません」

　恐縮しきりで茂作が頭を下げた。

「気にするな。ご近所さんの知り合いだ。おたがいさまみたいなもんだよ」

　応えた半九郎が、南天堂に声をかけた。

「聞いてのとおりだ。南天堂、遠慮なくご馳走になるぞ。七輪の火は熾《お》こさせてくれ。茶を飲みたいからな」

「火の始末はしといてくれよ。よいしょと」

笊竹や大きな虫眼鏡などを入れた風呂敷包みを背負い、折り畳んだ小さな卓と床《しょう》几《ぎ》を両手に抱えた南天堂が土間に下り立った。

慣れた手つきで表戸を開け、南天堂が出て行く。

見送った半九郎が、

「どれ夕飯の支度でもするか」

と腰を浮かせた。

「私がいたします。秋月さまは見ていてください」

あわてて立ち上がった茂作に、

「おれが握り飯をつくる。茂作さんは七輪の火を熾こしてくれ」

応えて半九郎が、勝手へ向かった。

夕飯を食べ終え、火の後始末も終えた半九郎と茂作は、末吉が帰ってくる頃合いを見計らって、南天堂の住まいを出た。

蛇骨長屋の敷地内の、露地木戸の反対側にある浅草寺の塀沿いの露地に出て、左へ曲がったところにある一棟めの建屋に、末吉の住まいがある。

住まいには明かりが点《とも》っていた。

表戸の前に立った半九郎は、茂作に声をかけさせた。

おもってもいなかった茂作の呼びかけに、末吉があわてて土間におりる音が聞こえた。

表戸がなかから開けられる。

「茂作さん、いつ江戸にきたんですか」

驚きの声を上げた末吉が、茂作の隣に立っている半九郎に気づき、さらに驚愕して訊いてきた。

「秋月さん、どうして茂作さんと一緒なんですか」

「いろいろあってな。立ち話もなんだ。なかに入ってもいいか」

「どうぞ。茂作さん、入って」

手をとるようにして、末吉が茂作をなかに招き入れた。


ふたり一緒にやってきたことに驚きを隠しきれない末吉とお郁に、半九郎は茂作と出くわしたときのことと、その後の経緯を話して聞かせた。

話し終えた半九郎は、

「故郷のことなど、つもる話もあるだろう。茂作さん、おれは南天堂のところで待っているよ」

と茂作にいってから末吉に訊いた。

「お夕とお三、お豊の顔を知っているか」

「知っています。顔を見たら、必ずわかります」

きっぱりと末吉がいいきった。

訝しげな顔をして、茂作が問うてきた。

「なんで、そんなことを訊くんですか」

「いずれ、わかる。それじゃ、後でな」

声をかけて半九郎が腰を上げた。

半刻《はんとき》（一時間）もしないうちに、茂作が南天堂の住まいに引き上げてきた。

前に座るなり、茂作が半九郎に話しかけた。

「末吉が、秋月さんはいい人だ。秋月さんにたすけてもらって運がよかった、と何度もいっていました。ほんとうにありがとうございました」

神妙な顔つきで茂作が頭を下げた。

「そう何度も頭を下げないでくれ。これからは、気遣い抜きでいこう。ところで明日のことだが」

「河合さまのお屋敷に一緒にいっていただけるんでしょう」

「もちろんだ。ふたりでいって、もう一度、お夕さんのことを尋ねてみよう。ところで、お夕さんが屋敷奉公に出かけたときのことを話してくれないか。おぼえているかぎりでよい」

「知行地に迎えにこられた坂本市之助《さかもといちのすけ》さまという、河合さまのご家来に連れられてお夕は、お秋《あき》という娘と一緒に江戸へ出かけていきました」

そのときのことを思い出したのか、茂作が懐かしむような表情を浮かべた。

「坂本市之助だな。他に娘を迎えにきた者はいなかったか」

「去年は、小林金平太《こばやしきんぺいた》さまがまいられました」

「坂本市之助殿に小林金平太殿だな」

「そうです」

念を押した半九郎に茂作が応えた。

「他におもいだしたことがあったら、その都度教えてくれ」

「わかりました」

口調を変えて半九郎がいった。

「疲れたろう。寝ていいぞ。床をのべるか」

立ち上がった半九郎が、衝立《ついたて》をずらし、後ろに積んである夜具を持ち上げる。

「お侍さまに、そんなことはさせられない。私がやります」

あわてて立ち上がった茂作が、半九郎の手から夜具を受け取って敷きだした。

さっさと夜具を敷いていく茂作に、手持ち無沙汰になった半九郎が告げた。

「おれは隣にいるから、なんかあったら声をかけてくれ」

引き上げる半九郎を、深々と頭を下げて茂作が見送っている。

## 六

翌朝、半九郎は茂作とともに、下谷七軒町《したやしちけんちょう》、三味線堀《しゃみせんぼり》近くにある河合郡兵衛の屋敷の表門の前に立っていた。

がっちりした体軀《たいく》の、強面《こわもて》の中間と見つめ合っている。

犬でも追っ払うような仕草で手を振って、中間が吐き捨てた。

「昨日きた百姓だな。お夕などという女は、いま、ここにはおらぬといっただろう。帰れ」

ひるんだ茂作が、たすけを求めるように半九郎に目を走らせた。

その茂作の視線を受け止めた半九郎が、中間に目を向けた。

「いま、ここにはおらぬというが、四年前にはいたのだな」

むかっ腹をたてたのか、中間が半九郎を睨みつけた。

「ご浪人さん、ここにはおらぬといったはずだ。四年前のことは、忘れた」

「忘れたということは、いたかもしれぬということか。なら、お三とお豊という名の女はいるのだな」

怒りに目を尖《とが》らした中間が声を高めた。

「ここにはおらぬ、といっているだろう」

言葉尻をとらえて半九郎が訊いた。

「いる場所を知っているような口ぶりだな。知っているなら、どこにいるか教えてくれ」

面倒くさくなったのか、中間が吠えた。

「邪魔だ。帰ってくれ」

さらに半九郎が食い下がる。

「あんたじゃ話が通じぬ。知行地へお夕やお三たちを迎えにきた坂本市之助殿か、小林金平太殿と会わせてくれ」

「お二方ともいない。出かけていて留守だ」

「出かけていて留守だということは、いずれ帰ってくるのだな。なら、ここで待たせてもらう」

ふてぶてしい笑いを浮かべて、これみよがしに半九郎が表門に寄りかかった。

顔を茂作に向けて、声をかける。

「茂作さん、ひとりで帰って、おれの住まいで待っていてくれ」

「私も、ここにいます。いさせてください」

表門に歩み寄った茂作が、半九郎の後ろに身を置いた。

「しつこい奴らだ」

舌を鳴らした中間が、半九郎たちを睨《ね》めつけたまま潜り口まで後ずさりし、潜り戸を開けて、なかへ消えた。

ほどなくして、中間が潜り口から出てきた。

つづいて、細面《ほそおもて》で、みるからに意地悪そうな、陰険な目つきの五十がらみの武士が姿を現した。

もたれかかっていた門扉から離れた半九郎が、武士と対峙《たいじ》する。

その脇に立った茂作が、武士を見つめた。

ふたりに目を向けて、声高に武士が告げた。

「用人の小川武衛門《おがわぶえもん》だ。仔細は定平《さだへい》から聞いた。迷惑千万。いますぐ立ち去らねば定平を町奉行所へ走らせ、役人どもに貴様たちを捕らえさせるぞ」

小川が、定平と呼ばれた中間に向かって顎をしゃくった。

うなずいた定平が、背中を丸めて走り出す。

驚いた茂作が、半九郎の袖を引いた。

「もういいです。引き上げましょう」

「仕方がない。役人がきたら何かと面倒だからな」

足を踏み出した半九郎に茂作がならった。


表門の前に立ったまま、小川が半九郎たちを見つめている。

建ちならぶ武家屋敷の陰に半九郎たちの姿が消えたのを見届けた小川が、ゆっくりと手を掲げた。

走り去った方角にある武家屋敷の塀の陰から現れた定平が、小川に向かって駆け寄っていく。

そばにきた定平が小川に話しかけた。

「うまくいきましたね、御用人さま」

「今日のところはな」

「今日のところは、といいますと」

鸚鵡《おうむ》返《がえ》しをした定平に、小川が告げた。

「昨日きた百姓が今日もやってきた。明日もくるかもしれぬ。何度訪ねてきても、あくまでも知らぬ存ぜぬで押し通すのだぞ。よいな」

「わかりました」

「どんな話をしたか、後で聞かせてくれ」

「御用人さまさえよろしければ、いますぐにでも」

黙ってうなずいた小川が、潜り口へ向かった。

まわりを見渡した定平が、小川の後を追った。

「おもったとおりだ。町奉行所に行くとみせかけて、おれたちの出方をみたのだ。

子供だましの手口だな」

武家屋敷の塀の陰から小川と定平の様子を窺《うかが》っていた半九郎が、傍《かたわ》らにいる茂作に話しかけた。

「どういうことなんですかね。私たちを追い払うために、一芝居うったとしかおもえませんが」

「そんなところだろう。今日のところは引き上げよう」

「それしかないですね」

落胆した様子で茂作が応えた。

「帰るぞ」

声をかけて半九郎が歩き出した。

未練そうに後ろを振り返った茂作が、諦《あきら》めたのか首を振って半九郎につづいた。

## 七

もどってくる半九郎と茂作を待っているのか、南天堂が表戸の前に商売道具の床几を持ち出して、腰をかけていた。

蛇骨長屋の露地木戸をくぐった半九郎たちを見いだして、南天堂が立ち上がった。

「どうだった」

声をかけてきた南天堂に、茂作が首を横に振る。

「半さんがついていったのに何だよ。役立たずに終わったのかい」

「そうでもない。壁に耳ありだ。南天堂のところで話そう。多少やりあったので喉《のど》が渇いた。茶をいれてくれ」

応じた半九郎に、

「役立たずに飲ませてやるお茶はない。もっとも、話の中身次第で、おれの気分も変わるがな」

にやり、として、南天堂が床几を持ち上げた。

座敷で、土瓶や急須を載せた丸盆を囲み、半九郎と茂作、南天堂が湯呑みを手に茶を飲んでいる。

「南天堂のいれてくれる茶は、いつ飲んでもうまいな。いい茶葉を使っているのか」

「まあな。おれは喋るのが商売だ。喉をうるおす茶ぐらいは贅沢《ぜいたく》してもいい、とおもってな」

応じた南天堂に、半九郎が笑みを向けた。

「おかげで一息ついた。ところで南天堂、おもっていたより、うまくいったぞ」

呆気《あっけ》にとられた茂作が、割って入った。

「私にはうまくいったとは、とてもおもえませんが。どこがうまくいったんですか」

「手がかりがつかめた。まず河合家に、坂本市之助と小林金平太という家来がいることがはっきりした。それと定平という中間は、お夕はじめお三、お豊たちも屋敷にいないといいきっていた。定平のいうとおり、お夕たちは河合の屋敷にはいないのかもしれない。が、お夕たちを連れていった坂本と小林は屋敷にいる。ふたりに訊けば、お夕たちの居所はわかるはずだ」

「どうやって、坂本さまや小林さまから、お夕たちの居所を聞き出すのですか」

訊いてきた茂作に半九郎がいった。

「それは、これから考える。茂作さん、お夕さんの居所を突き止めるには、時がかかるぞ」

「そういわれても私には、どうしたらいいかわかりません。どうやって調べたらいいか」

溜息をついた茂作を、じっと見つめて半九郎が告げた。

「茂作さん、いったん本納に帰ったらどうだ」

顔色を変えて茂作が応じた。

「何ということを仰有るんですか。お夕は、どこにいったかわからない。このまま江戸にいて行方を調べるべきだとおもっています。このままお夕を、ほっとけない」

横から南天堂が口をはさんだ。

「茂作さんの気持ちはよくわかる。このまま、おれのところに泊まり込んでもいいんだよ。気がすむまでお夕さんを探したらいい」

そのことばを打ち消すように半九郎がいった。

「そういう話じゃないんだ、南天堂。おれが茂作さんに本納に帰れ、といっているのには、わけがあるんだ」

「わけとは」

「どんなわけがあるというんだ」

ほとんど同時に茂作と南天堂が声を上げた。

再び茂作を見つめて、半九郎がいった。

「一度帰って名主の朝右衛門さんにことの経緯をつたえ、お民たちを屋敷奉公に出さぬようにすることが、いま第一にやるべきことではないのか」

「それはそうですが、しかし」

迷っているのか、首を傾げて茂作が口ごもった。

「乗りかかった船だ。おれはこれから先も、お夕さんの行方を探す。知り合いの十手《じって》持ちにも相談にのってもらい、調べてもらう。何かわかったら飛脚便で知らせる。よく考えるのだ。このまま時を過ごせば、お民たちも、お夕のように行き方知れずになるかもしれぬぞ」

「お民も行く方しれずに」

独り言ちた茂作が、うつむいて下唇を噛《か》みしめた。

うむ、と大きくうなずいて、茂作が顔を上げた。

「帰ります。本納に帰って、名主さまに相談します。すべて話します。明日の朝早く、江戸を発ちます」

「それがいい。茂作さんが引き上げた後のことだが、お夕さんたちが見つかったら末吉さんに顔あらためをしてもらう。そのことを、茂作さんの口から末吉さんに頼んでくれ」

「頼みますとも。末吉は、必ず引き受けてくれます。末吉は、昔から義理堅い男でした。いまも変わっていません」

「夜、末吉さんが帰ってくる頃合いを見計らって、末吉のところにいこう」

「それまでに明日の旅支度をととのえておきます。お夕を、お三たちを見つけ出してください。たすけだしてください」

深々と茂作が頭を下げた。

昨日につづいて訪ねてきた茂作と半九郎を、末吉はもちろんのこと、お郁もこころよく迎え入れてくれた。

茂作の話を聞き終えた末吉は、二つ返事で頼みを引き受けた後、半九郎に向き直っていった。

「秋月さん、何とかしてお夕ちゃんたちを見つけだしてください。私にできることがあったら、どんなことでも手伝います。よろしく頼みます」

畳に両手をついて末吉が頭を下げた。

あわてて茂作が末吉にならう。

「時がかかるかもしれぬが、おれにできることは、すべてやってみる。いまはそれしかいえぬ」
ふたりに目を注《そそ》ぎ、いつもと変わらぬ口調で半九郎が告げた。

# 第二章　毛のない猿

## 一

翌朝、半九郎は南天堂とともに上総国本納へ帰る茂作を、露地木戸の前で見送った。

行きかけた茂作が足を止め、振り向いて声をかけてきた。

「名主さまと話し合って、もし、もう一度江戸へ行って、お夕たちの行方をたしかめてこい、といわれたときは、もう一度南天堂さんのところか、秋月さまのところに泊まらせてもらってもよろしいですか」

二つ返事で南天堂がいった。

「男ひとりの所帯だ。何日でも泊まっていいよ。おれのところを宿代わりに使って、気のすむまで江戸中を調べ回るがいい」

「おれも、できうるかぎり調べてみる。お夕たちの顔あらためができる見込みがついたら、飛脚便で知らせる。出てくるのは、それから後の方がいいだろう。お夕たちが奉公にいかされた先に、土地のやくざなど、厄介《やっかい》な連中がからんでいるかもしれない。茂作さんの身に危険が及ぶ虞《おそ》れがある」

そう告げた半九郎に、茂作が応じた。

「名主さんと相談して、いろいろと考えてみます。お夕たちのこと、よろしくお頼み申します」

深々と頭を下げて茂作が、背中を向けた。

歩き去っていく茂作を、半九郎と南天堂が見送っている。

ぼそりと南天堂がつぶやいた。

「見つかるかな、お夕さんたち」

「河合の屋敷にいないことだけはたしかだ。どこへ奉公に出したか、いまのところ見当がつかぬ」

「まさか、岡場所に売り飛ばしたなんてことはないだろうな」

「十年の年季奉公だと茂作さんはいっていた。九年十一ヶ月の年期ということにして、どこかに奉公に出し、年季が明けたら河合家に連れ戻す。十年たったところで親元に帰せば、約束を守ったことになる。年季奉公の間は、どこへ奉公に出そうが雇い主の勝手だと、河合家の当主は考えているのかもしれない」

「そんな馬鹿な話があるか。旗本の屋敷に奉公するとおもって、名主や茂作さんたちは娘たちを送りだすんだ。半さんがいったような話だったら、茂作さんたちは騙《だま》しにかけられたようなもんじゃないか。許せねえ」

「同じおもいだ。屋敷奉公させるといって河合某《なにがし》が連れていった娘たちは、すべて生娘《きむすめ》だろう。器量よしの生娘なら、どこに売りつけるにもいい値で売れる。色里だけではない。女好きの分限者《ぶげんしゃ》や大商人の身の回りの世話をさせるという方をして、その実、妾《めかけ》奉公させるという手もある」

「無役の旗本には、金儲けのために裏でこそこそ悪さしている奴らも多いからな。日頃偉そうな顔をしやがって、とっちめてやりたいよ。半さん、おれができることなら何でもやるから、声をかけてくれ」

「端《はな》から、そのつもりだ。辻を曲がって茂作さんの姿が見えなくなった。家にもどろう」

「そうだな」

歩き出した半九郎に南天堂がならった。

# 二

その日の朝四つ（午前十時）前、半九郎は上野の黒門町《くろもんちょう》にある、岡っ引きの早手の辰造《たつぞう》の住まいを訪ねた。

もともと辰造は、浅草、上野《うえの》、下谷、千住《せんじゅ》へ向かう奥州道沿い一帯の掏摸《すり》の元締であった。

が、南町奉行所同心谷川安兵衛《たにがわやすべえ》から、

「手形、為替、商いにかかわる書付、皆伝の免状など掏《す》りとった者にとっては価値のないものでも持主にとっては、二度と手に入らないほどの価値がある品がある。そんな品を持主の手元に返してやるためには、おまえのような掏摸の元締が必要なのだ」

と口説かれ、渋々十手を預かることになった、と辰造は、二足の草鞋《わらじ》を履いたわけを周りに話している。

たしかに一理ある話だが、口説かれたというより、自分の身の安泰を図るために御上に協力を申し出たのかもしれない、とも半九郎は考えていた。

顔を見るなり、辰造が半九郎に訊いた。

「お仲《なか》との祝言《しゅうげん》の日取りでも決まったんですかい」

苦笑いをして、半九郎が応えた。

「情けない話だが稼ぎが悪くてな。まだだ」

顔を合わせるたびに、辰造と半九郎の間で交わされる、お仲との祝言うんぬんの話だった。これにはわけがある。

蛇骨長屋の住人で、いまは堅気の廻り髪結いのお仲だが、もとは女掏摸で辰造の手下だった。

草同心だった父が探索途上、命を落とし、独り身になった半九郎は、あらゆることを自分でやらなければいけなくなった。

戸惑いながら日々暮らしている半九郎を気の毒におもったのか、お仲は余分に菜をつくり、三日にあけず届けてやったり、掃除を手伝ったりと、いろいろ世話をやいた。

すべてお仲が半九郎に惚《ほ》れていたからやったことだった。が、女掏摸であることを恥じて、あからさまに惚れている素振りを見せることはなかった。半九郎は、そんなお仲を、こまめに世話を焼いてくれて、いつも気さくに接してくれる妹のようなおもいでみていた。

そんなお仲から、

「実は女掏摸だ」

と、突然打ち明けられたのである。

驚く半九郎にお仲が、

「どうしても足を洗いたい。仲間の仕置きにあって殺されてもいい。その覚悟はできている。相談に乗ってほしい」

必死のおもいで頼んできた。そのときのお仲の眼差しは、いまでも半九郎の脳裏に焼きついている。

そんなお仲の望みを果たすべく半九郎は一計を案じた。

一計のなかみは、半九郎とお仲が所帯を持つので、掏摸の稼業からお仲の足を洗わせる、というものだった。

黒門町の住まいにお仲と一緒に乗り込んできて強談判《こわだんぱん》する半九郎を、のらりくら

りとはぐらかす辰造に、業を煮やした半九郎が、

「刀にかけても、お仲の足を洗わせる」

と大刀の柄に手をかけ、鯉口《こいぐち》を切った。

あわてた辰造が半九郎に告げた。

「秋月さんが本気でお仲と所帯をもつ気でいるのは、よくわかりやした。お仲に、掏摸の足を洗わせやしょう」

「ことばだけでは信用できぬ」

と、このとき半九郎は辰造に、

〈足を洗うことを許す。今後は一切、お仲には手を出さない〉

旨を記した誓文を書かせている。

そういう経緯があってから、多くの月日が過ぎ去っていた。

顔をしかめて、辰造がいった。

「半さん、おれが金儲けの口を仲介してやる、といつもいっているだろう。たまには、おれの話に乗りなよ」

真面目な顔をして、半九郎が持ちかけた。

「おれも一稼ぎしたくてな。おもしろい話を聞き込んできたんだ。親分、金になるかどうか、判じてくれないか」

「半さんが金儲けの話をもってくるなんて、いったいどういう風の吹き回しだね。話してみな」

「つい数日前のことなんだが」

と前置きして、地回りのやくざにからまれていた茂作を助けたこと、茂作の娘のお夕や娘たちが、知行主の旗本河合某から、年貢の足しにしてやるといわれて河合の屋敷に連れられていったこと、その娘たちが河合の屋敷にはおらず、どこへいったかわからないことなどを半九郎が辰造に話して聞かせた。

聞き終わった辰造が、

「旗本相手というのが、ちょっと気にくわないな」

と首を傾げた後、一転して、目をぎらつかせた。

「金の臭いがする。一汗かいて調べてみるか」

「そういうことなら、調べの段取りを決めよう」

とやる気をみせた半九郎に、上機嫌で辰造がいった。

「嬉しいねえ。やけに張り切っているじゃねえか」

首をひねってひと思案し、辰造がつづけた。

「とりあえず下っ引きと掏摸の手下たちを使って、河合の噂を聞き込もう」

「おれは、もう一度河合の屋敷に乗り込んで、娘たちを知行地まで迎えにきた武士ふたりに会わせろ、と粘って居座り、河合たちが動き出すように仕向けることにする」

そう告げた半九郎の顔を覗《のぞ》き込み、辰造がいった。

「いくら半さんがやっとうの達者だといっても、危なくないかい。心配だから、おれが陰から見張ってやってもいいぜ。半さんに何かあったら、お仲が悲しむからな。こうみえてもおれは、お仲が幸せになるのを祈っているんだぜ」

みょうに神妙な辰造の物言いだった。

仕掛けて仕損じなし、といわれるほどの掏摸の腕をもつ辰造と、掏摸だったお仲の父は兄弟分だった。お仲の幼い頃、武士の銭入れを掏りそこなった父は、無礼打ちにあって死んだ。

孤児になったお仲を引き取ったのは、父の兄貴分の辰造だった。辰造はお仲を育てながら、掏摸の技も教え込んだ。いつのまにかお仲は、仲間内でも評判の、腕のいい女掏摸になっていた。

「おれには子供がいねえ。お仲は、おれの娘みたいなもんだ。掏摸仲間のいい男と所帯を持たせて、おれの跡継ぎにするんだ」

と半九郎はお仲から聞かされていた。

「おれは、お仲が幸せになるのを祈っているんだぜ」

といった辰造の気持ちに嘘はない。そうおもいながら、半九郎は笑みをたたえて、辰造を見つめた。

## 三

黒門町の辰造の住まいを後にした半九郎は、河合郡兵衛の屋敷へ向かった。

いまのところ、お夕たちがどこでどうしているか、何ひとつ分かっていない。

自分を囮《おとり》にして、手がかりをつかんでいくしか手立てはない、と半九郎は腹をくっていた。

河合の屋敷についた半九郎が、物見窓に声をかける。

「秋月半九郎だ。定平はいるか」

物見窓があけられ、定平が顔を覗かせた。

「何の話だ。用はない」

「邪険ないい方だな。坂本市之助殿か、小林金平太殿に会いたい。今日は屋敷にいるのではないか、とおもってやってきたのだ」

「おられるかどうかわからない。帰ってくれ」

物見窓を閉めようとした定平に、半九郎が食い下がった。

「迷惑は承知の上だ。冷たいあしらいをつづけるのなら、もういい。おれは近所の屋敷の住人たちに片っ端から声をかけ、河合様が屋敷奉公させるといって、知行地から連れてきた女たちが屋敷にいるはずだが、見かけたことはないかと訊いてまわる。邪魔をしたな」

踵《きびす》を返した半九郎を、あわてて定平が呼び止めた。

「ちょっと待ってくれ。御用人を呼んでくる」

物見窓を定平が閉めた。

物見詰所の表戸が開けられ、出て行く足音が聞こえた。

おそらく、定平が小川を呼びに行ったのだろう。

ほどなくして、表門の潜り口の扉がなかから開けられ、潜り口から小川と定平が出てきた。

半九郎を一瞥《いちべつ》した小川が、不愉快そうに顔をしかめ、半九郎から顔を背けて吐き捨てた。

「何をしようというのだ」

「おれは、娘たちを河合家に屋敷奉公させたら年貢を減らす、と持ちかけられた知行地の名主や農民たちが差し出したお夕や娘たちが、いまどうしているか知りたいだけだ。娘たちのことを話してくれないか」

問いかけた半九郎に小川が、

「年季十年の奉公という約束でやってきた娘たちだ。まだ十年たっていない。あらかじめ決めておいた年季奉公の間に、娘たちをどう扱おうと当家の勝手。おぬしが口を出す筋合いのものではない」

とつっぱねた。

「話はわかった。が、茂作さんは娘たちのことを心配している。どこにいるかぐらいはつたえたい。教えてくれ」

粘る半九郎に面倒くさそうに小川が応える。

「娘たちを働かせている相手にも都合がある。当家の一存では決められぬ」

「なら、娘たちが働いている屋敷の主に訊いてくれ。親が娘に会いたいといっている。会わせてやりたいがどうだろう、となⅼ」


「訊いてみよう」

投げやりな口調で小川がいった。

「明日、昼前にくる。それまでに娘たちが働いている屋敷の主の返答を聞いておいてくれ」

「もし聞けなかったときはどうする」

「定平に話したとおり、近所の屋敷の門を叩き、娘たちのことについて、聞き込みをかける」

「それは乱暴ではないか」

「そんなことしたら、後がこわいぞ」

気色ばんだ小川と定平が、ほとんど同時に声を高めた。

ふたりを見つめ、穏やかな口調で半九郎が告げた。

「何が乱暴だ。親が娘に会えないなんて、そんな理不尽な話があるか。明日の返答を待っている。今日のところは引き上げさせてもらう」

「待て。話はこれからだ」

「おれには、話すことは何もない。明日の返答を待っている。いまのところ、それしか話すことはない」

「待て。御用人が話があると仰有《おっしゃ》っているのが聞こえないのか。待ちやがれ。浪人の分際で、無礼だぞ」

わめいて、追いかけようとする定平を、小川が手で制し、目配せをした。

目配せの意味を察したのか、定平が潜り口へ向かい、なかへ走り込む。

振り向く気配もみせずに、半九郎が歩き去っていく。

その場を動くことなく、小川が怒りの眼差しで半九郎を見据えている。

# 四

三味線堀近くの、河合の屋敷からつけられている。

そのことを、半九郎はとうに察知していた。

蛇骨長屋へ足を向けていた半九郎だったが、途中で行く先をどこにするか考えはじめた。

いまのところ、半九郎が蛇骨長屋に住んでいることを、河合の家来たちには知られたくなかった。

知行地に住む娘たちを、屋敷奉公させるといって江戸へ連れてきて、どこかへ働きに出している。最悪の場合、遊里へ売り飛ばしているかもしれない。そんな悪知恵をめぐらす相手である。半九郎の動きを封じるためには、蛇骨長屋の住人たちを巻き込むことなど、何の躊躇《ちゅうちょ》もなく行う輩《やから》だと、半九郎は推測していた。

つけてくる武士をどこでまくか。考えながら半九郎は歩を移している。

下谷七軒町には酒井《さかい》大学守《だいがくのかみ》や松前《まつまえ》伊豆《いず》守、戸田《とだ》因幡《いなば》守など大名家の上屋敷や旗本屋敷が連なっている

どぶ店《だな》へ向かう通りを行くと、法泉寺《ほうせんじ》や観蔵院《かんぞういん》など数十寺が建ちならぶ一帯になる。どの寺の門前町か区切りがつけられない門前町も、寺々の間に多数散在していた。

とりあえず半九郎は、思案がまとまるまでの間、行き当たりばったりに門前町の店々を、冷やかし半分にのぞいてまわることにした。

土産物屋や仏具屋に入っては、興味のある品物を見つめたり、数珠《じゅず》を手にとったりしながら、なかなか買い物をしない半九郎を、武士は遠目で眺めている。

尾行には慣れていないようだった、半九郎が立ち止まったら足を止めたり、店のなかにいるときは、店のなかが見えるようなところに立って、様子を窺《うかが》っている。

半刻（一時間）ほど、そうやって時を潰しているうちに半九郎は、しっかりその武士の顔を覚えてしまった。たぶん町なかですれ違っても、すぐに見分けがつくだろう。

気づかれているとは知らずに、武士は必死につけてくる。

つけられているうちに、半九郎は一計をおもいついていた。

黒門町に住んでいる早手の辰造のところを利用し、表から入り、裏口から出るという駕籠《かご》抜けの手口を用いて通りへ出、武士を見張る。

なかなか出てこない半九郎にしびれを切らして、武士が動き出したら、それまでとは逆に跡をつけて、帰り着く先を突き止めるという策だった。

住まいに足を踏み入れ声をかけると、奥から辰造が出てきた。

顔を見るなり、辰造が驚きを隠すことなく半九郎に訊いた。

「一日に二度も顔を出すなんて、半さん、今日はどうかしちまったんじゃないのか。ま、奥へ入りな」

先を行く辰造に半九郎がついていくと、案内された部屋はいつもと違って、文机《ふづくえ》が置かれた座敷だった。

文机の上には開かれた帳面が置かれてあり、脇には帳面が数冊積み重ねられていた。

まわりには多数の巾着《きんちゃく》や銭入れがならべられ、その傍らに鐚銭《びたせん》や小判が積んである。

「手下たちに稼ぎの分け前を渡すための、帳面づけをしていたところだ。おれのところは掏ってきた銭入れや巾着を、見つかって捕まりそうになって隠したりするなど、よっぽどのことがないかぎり、手つかずのままおれのところへ持ってきて、ふたりで稼ぎをあらためることになっている。あらためたら、たがいに覚えのための書付をつくって、それぞれが持ち合うんだ」

話しながら、辰造が文机の前に座った。

空いているところに胡座《あぐら》をかいて、半九郎が訊いた。

「手形や為替などが入っていたら、親分が預かるのか」

「そうだ。手形や為替、免状などが入っていたら谷川の旦那に渡す。谷川の旦那とは、巾着や銭入れに入っていた銭は抜き取られてしまっていたことにするという約束ができているんだ」

「掏った銭を、いったん親分に全額入れさせて、稼ぎ分に応じて、月に二回分配していると、お仲がいっていた。こうやって帳面づけまでして証《あかし》を残し、文句がでないようにする。なかなか大変な作業だな」

「一日がかりよ。ところで、河合某の屋敷に、談判にいったのかい」

「いってきた」

　と半九郎が、用人の小川と、娘たちの居所を教えろ、教えないと揉め合って引き上げてきたと話した後、

「実は、河合の家来とおもわれる武士が、屋敷のそばからつけてきた。どぶ店あたりの寺々の門前町をぶらついて、つけてくるかどうか試したら、しつこくつけてくる。今度は逆におれが、つけてくる武士をつけてやろうと考えて、おもいついたのが、表から親分のところに入り、裏口から出て武士に張りつくという手立てだ。武士がどこに帰るか、突き止めてやろうとおもってな」

　と、不敵な笑みを浮かべた。

　鼻を蠢《うごめ》かして、辰造がいった。

「家来に半さんをつけさせたのかい。おもしろくなってきた。どうやら河合某という旗本、叩けば埃《ほこり》が出る奴みたいだな。銭の臭いがしてきた。調べを早めよう。明日の昼八つ頃、顔を出してくれないか」

「そうしよう。それじゃ、おれは裏口から引き上げる」

「裏口までつきあおう。どのあたりにつけてきた武士が潜《ひそ》んでいるか見当がつくんだったら、武士の後ろへ出る道筋を教えてやるぞ」

「頼む」

ほとんど同時に半九郎と辰造が立ち上がった。

裏口から出た半九郎は、辰造が教えてくれた道筋をたどって、武士が張り込んでいる場所を見張ることができる、露地の角に立つ町家の外壁に身を寄せた。

辰造の住まいに顔を向けて、武士が通り抜けの出入り口に潜んでいる。

根が生えているかのようにも見えるその武士を、半九郎が凝然《ぎょうぜん》と見つめた。

## 五

出てくる半九郎を待って、半刻（一時間）ほど辰造の住まいを見張っていた武士は、張り込みに飽きてきたのか、遠目でもはっきりと見極められるほど、きょろきょろと周りを見回し始めた。

数軒先の町家の前で、赤ん坊を負ぶった子守の少女が、あやしながら行ったり来たりしている。

やおら立ち上がった武士は、子守に向かって歩いていった。

それまで身動きひとつしなかった武士が、唐突に起こした行動に、半九郎は、武士がそろそろ引き上げるに違いない、と推測しながら、武士の一挙手一投足に目を注いでいる。

武士が子守に話しかけた。

驚いたのか、子守が怯《おび》えたように身をすくめて頭を下げる。

無理もない、と半九郎はおもった。

「無礼極まる。気に入らない。成敗してやる」

と理由をつけて、武士が町人を無礼打ちしても、よほどの落ち度がないかぎり、武士が咎められることがない世の中である。

武士に声をかけられた途端に泣き出した赤ん坊をあやしながら、子守がいまにも泣き出しそうな様子をみせている。

不愉快そうに顔を背けて、武士が子守から少し離れた。

武士に向かって、子守がしきりに頭を下げている。

赤ん坊の泣き声が気になったのか、町家の隣の蕎麦《そば》屋から、主人とおもわれる四十がらみの男が出てきた。

子守にことばをかけた男が、向こうにいっていろ、というように軽く手を振った。

赤ん坊はまだ泣いている。

あやしながら子守がひとつめの露地に入り、姿が見えなくなった。

見届けた男が浅く腰をかがめて、武士に話しかけている。

機嫌がなおったのか、いかにも偉そうに反《そ》っくり返った武士が、何やら男と話している。

武士が辰造の住まいを指さしているところをみると、辰造のことを聞き込んでいるのだろう。

町人が十手を構えたような恰好《かっこう》をしている。

武士が、何度かうなずいた。

その後、何やらことばをかわしていたが、町人が深々と腰を折って頭を下げ、蕎麦屋に入っていった。

首を傾げながら、武士がもといた場所にもどっていく。

それから小半刻（三十分）ほど、疲れたのか肩を叩いたりしながら、いかにも退屈そうに張り込みをつづけていた。

突然、武士が立ち上がった。
両手を高々と上げて、大きな欠伸《あくび》をする。
首を大きく回したかとおもうと、武士が歩き出した。
歩みをすすめる武士を、気づかれぬほどの隔たりをおいて半九郎がつけていく。

武士が半九郎の尾行に気づくことはなかった。
一度も後ろを振り向くことなく、歩きつづける。
帰り着いた先は、やはり河合の屋敷だった。
表門の潜り口の扉を押して、なかへ入っていく。
いつもやっていることなのか、武士の動きに迷いがなかった。
武家屋敷の塀に身を寄せて、そんな武士の様子を半九郎が見つめている。
河合の屋敷の前には、人の姿はなかった。
塀から離れた半九郎は、大胆にも河合家の表門に向かって歩を運んでいく。
表門の前で足を止めた半九郎は、張り込む場所を求めて、ぐるりを見渡した。
あたりには大身や、微禄の旗本たちの屋敷が建ちならんでいる。
見つけたのか、半九郎が目星をつけた場所に向かって歩いていく。

武家屋敷の塀の陰、河合の屋敷からは見えないところに半九郎は身を置いた。

そこから河合家の表門が、どの程度見えるか、たしかめる。

再び表門の前にもどった半九郎は、新たに目星をつけた、張り込むことができそうな場所に向かって歩いていった。

そんな動きを、半九郎は数度繰り返した。

最後に見つけた場所で半九郎は、小半刻ほど張り込んだ。

表門の潜り口から出てくる者はいなかった。

どうやら動きはなさそうだ。そう判じた半九郎は、蛇骨長屋へ帰るべく通りへ足を踏み出した。

## 六

翌朝、半九郎は再び河合の屋敷を訪ねた。

物見窓の前に立った半九郎は、

「定平はいるか。秋月半九郎だ。用がある。顔を出すまで、ここにいるぞ」

近所に聞こえるように、声高に呼びかけた。

「大きい声を出さないでくれ」

なかから声が上がって、物見窓が開けられ、定平が顔を覗かせた。明らかに嫌がっている。眉間《みけん》にしわを寄せていた。

「何の用だ。何度もいうが、当方には用はない」

「そっちになくても、おれにはある。昨日、おれをつけてきた武士について用人の小川殿に話がある。取り次いでくれ。取り次ぐまで、大きな声で騒ぎ立てるぞ。今日のおれは、やたら機嫌が悪い。早くしろ」

「ちょっと待ってくれ。大声を出すな」

念を押して、定平が物見窓を開けた。

ほどなくして、表門の潜り口から小川が出てきた。

目が吊り上がっている。

感情が高ぶっているのは明らかだった。

不機嫌を露わに小川が、半九郎に告げた。

「はじめに断っておくが、まだ娘たちの奉公先とは話をしていない。何かと忙しいのだ。知行地の百姓たちの気持ちなど、斟酌《しんしゃく》している閑《ひま》はない」

ふっ、と皮肉な笑いを浮かべて半九郎がいった。

「定平から聞かなかったのか。今日おれがきたのは、新たに面倒ごとが起こったからだ。昨日、おれを当家の家来がつけてきた。なぜ、おれをつけてきたのか、わけが訊きたい」

「おぬし、頭がおかしいのではないか。当家の家来が、おぬしをつけたなどと、とんでもないいいがかりだ」

しらばっくれた小川に、大仰《おおぎょう》に呆れ返って半九郎が告げた。

「おれをつけた家来から聞いているはずだ。ここから引き上げた後、おれは、早手の辰造という岡っ引きのところに行った。昨日、つけられていることに気づいたおれは、辰造親分の住まいの表口から入り、親分と話した後、裏口から外へ出て、つけてきた家来を見張りつづけた。おれは、張り込みを切り上げ、引き上げていく家来をつけ、その家来が、この屋敷に入っていくのを、この目でしかと見届けたのだ」

「そんな話を聞いても仕方がない。それとも証があるとでもいうのか」

「ある」

断言した半九郎に、せせら笑って小川がいった。

「証があるというのなら、見せてもらいたいものだな」

「つけてきた家来は、おれが入っていった家の主が誰か、聞き込みをかけた。最初は赤ん坊を負ぶった子守の少女に声をかけた。驚いたのか、突然、赤ん坊が泣き出した。その声を聞きつけて、蕎麦屋の主人らしき男が出てきて、子守を去らせ、家来と話し始めた。家来が親分の家を指さし、男が十手を構える恰好をしながら、ことばを交わしていた。そんなことがあったかどうか、家来に訊いてみたらどうだ」

「とんでもない作り話をしおって。いい加減にしろ」

　渋面をつくった小川が、半九郎を睨みつけた。

「あくまでもしらばっくれるつもりか。今日の小川殿の返答次第で、どうするか決めようとおもっていたことがあった。おかげで、いま、その結論が出た。おれは岡っ引きの辰造親分にお夕や娘たちの行方を捜してくれ、と頼む。親分は上野、浅草界隈の遊里には顔がきく男だ。岡場所にいる女たちのあらためは、すぐできる。親分と一緒に茂作さんに出張《でば》ってもらって、顔をあらためてもらう」

「女たちは、遊里などにはおらぬ。つまらぬことをするな」

「明日にでも親分と一緒に顔を出す。話し合おう」

「岡っ引き風情と会う必要はない」

　そっぽを向いた小川に半九郎が告げた。

「小川殿が会いたくなければ、それでもいい。おれたちが調べてわかったことを、世間に吹聴してまわるだけだ。いっておくが、悪い噂は、広まるのが早いぞ」

怒気を含んで、小川が声を高めた。

「やれるものならやってみろ」

小馬鹿にしたように嘲笑《あざわら》って、半九郎が応じた。

「ありがたい。そういってもらったら気が楽になった。小川殿の望みどおり、おおいにやってみよう」

「口の減らない奴だ。わしに脅しは通用せぬぞ」

ことさらに穏やかな口調で半九郎がいった。

「脅しか脅しでないか、いずれ分かる。これで引き上げる」

「ああ、引き上げてくれ。せいせいする」

「じゃあ、またな」

背中を向けて行きかけた半九郎が、動きを止めた。

ゆっくりと振り向いて、小川に声をかける。

「最後にいっておくが、おれは辰造親分のところにはいない。住まいは別のところにある。それと、もうひとつ忠告しておくことがある。おれは人並み外れて勘が鋭い。つけられたら、すぐに気づく。試したかったら、つけてみるがいい。ただし、今度はただではすまぬぞ」

にたり、と不敵な笑みを小川に向けて、半九郎が踵を返した。

悠然とした足取りで半九郎が去って行く。

怒り心頭、氷のように凍《こご》えた目で、小川が半九郎を見据えている。

## 七

立ち去ったとみせかけて、半九郎は武家屋敷の塀の陰に身を潜め、河合の屋敷を見張っていた。

小半刻（三十分）ほど過ぎた頃、表門からひとりの武士が出てきた。昨日、半九郎をつけてきた武士だった。

張り込んでいる半九郎の視線に気づくことなく、武士は歩みをすすめていく。

跡をつけるべく、半九郎は足を踏み出した。

昨日と違っていたのは、武士が何度も後ろを振り向いて、つけてくる者がいるか

どうか、あらためていることだった。用人の小川から、

「つけられているかどうか、気を配れ。警戒を怠るな」

とでも、厳しくいわれているのだろう。

いつもより隔たりをおいて、半九郎はつけている。

ちらり、と形だけ後ろを振り向くだけの武士が、建屋の軒下沿いに歩を運ぶ半九郎に気づくことはなかった。


武士が行き着いた先は、辰造の住まいを見張ることができる通り抜けだった。

昨日とは、場所が違っている。半九郎が小川に、

「つけてきた家来は、おれが入っていった家の主が誰か、聞き込みをかけた」

などと話したことを、聞かされたのだろう。

(張り込む場所を変えただけでも、上出来というべきかもしれぬな)

口うるさそうな小川の顔をおもい浮かべて、半九郎は胸中でそうつぶやいた。

張り込んでいる武士が、小川に細かく指示されて、身を縮めている様子を想像して、半九郎は苦笑いをした。

いずれ河合郡兵衛とも顔を合わせることになるだろう。小川は河合の忠実な用人

なのか、それとも河合郡兵衛を籠絡《ろうらく》して操《あやつ》っている奸臣《かんしん》なのか。河合郡兵衛と会ったこともない半九郎には、まだ推断できなかった。

いまのところ、おれの目論見《もくろみ》どおりにすすんでいる。河合はともかく、小川はおれの仕掛けにはまって動き出している。その証が、あの武士だ。そうおもって、半九郎は武士にじっと目を注いだ。


武士は動かない。半九郎も、武士を見張ったまま、動くことはなかった。

昼八つ（午後二時）を告げる時の鐘が鳴り始めた頃、半九郎は潜んでいた場所から通りへ出た。

わざとのんびりした足取りで、辰造の住まいへ向かって歩いていく。


「秋月だ。親分はいるか」

表戸を開けて、なかに入った半九郎が、後ろ手で戸を閉めながら奥に声をかけた。

「入ってくれ。いつもの奥の部屋だ」

誰もいないのか、奥から辰造の大きな声が聞こえた。

辰造は、十手を飾った神棚を背に、長火鉢を前にして座っている。

部屋に入ってきた半九郎が、向かい合って座りながら話しかけた。

「河合の家来が、ここを見張っている。昨日、つけてきた奴だ。親分との話が終わったら捕まえる」

「捕まえてどうする？」

訊いてきた辰造に、半九郎が応えた。

「どこか人目のつかない場所に連れ込んで、死なないていどに締め上げる。名と誰の指図で動いているかなどを聞き出す」

楽しげに辰造がいった。

「なら、裏にある納屋を使えばいい。へまをやらかした手下を締め上げるときに使ったりしている。折檻《せっかん》するときに縛り付ける柱も備えてある」

「それはいい。使わせてもらう」

「おもしろくなってきたな。銭の臭いがますます強くなってきた。これは、いい金になるかもしれねえ」

涎《よだれ》を垂らさんばかりの形相《ぎょうそう》で、辰造が強欲な笑みを浮かべた。

# 第三章　天に目なし

## 一

「手下たちがおもしろい話を聞き込んできた。聞き込んだ相手は、手下が遊びに行く賭場《とば》にちょくちょく顔を出している、河合の屋敷の近くの旗本屋敷の中間だ。その中間は、河合の屋敷にたびたび出入りしている奴の顔を知っていた」

手下がつかんできた話が、とびきりの上物だということが辰造の得意そうな様子から読み取れた。

「親分、もったいぶらずに早く話してくれよ」

せがむように半九郎が訊いた。

「驚いちゃいけないぜ。そいつはまっとうな旗本なら、絶対出入りさせない奴だ」

「誰だい、そいつは」

促した半九郎に、にたり、として辰造がいった。

「火焔の大造《だいぞう》という浅草から下谷一帯を縄張りにしている火焔一家の親分だ」

「火焔の大造だって」

その名に覚えがあった。

風雷神門の前で茂作をたすけたとき、茂作をいたぶっていたやくざたちが、

「火焔一家のものだ」

と名乗っていたことを、半九郎はおもいだした。

が、そのことを口にだすことなく、半九郎が問うた。

「火焔の大造は、どんなことをやっているのだ」

「縄張り内には岡場所が散在している。その岡場所に出入りして、女たちを売りつけている女衒《ぜげん》たちを仕切っているのが火焔の大造だ。おれの耳に入っている話では、岡場所の遊女屋の主人たちのところに行く前に、火焔一家に挨拶をし、話を通さないと、女衒たちは後々、火焔一家に商売の邪魔をされるそうだ」

「女の売り買いが、うまく運ばなくなるということか」

「そうだ。しかし」

首を傾げて、辰造がつづけた。

「まさか、れっきとした旗本が、知行地から連れてきた娘たちを岡場所に売り飛ばしているともおもえねえが」

「娘たちの年季奉公の年季は十年だと、河合の屋敷に奉公するために連れてこられた娘の父親と河合家の用人がいっていたが」

その半九郎のことばに、辰造が驚いた。

「十年の年季奉公だって。そいつは長すぎるんじゃねえか」

「おれもそうおもう」

鼻を蠢《うごめ》かして辰造がいった。

「これは大儲けできるかもしれねえぞ。屋敷奉公だといって連れてきた娘たちのひとりでも浅草界隈の岡場所で見つけ出し、河合某《なにがし》という旗本に岡場所に売られたという話を聞き出せたら旗本野郎の大きな弱みを握ることになる。それに」

目をぎらつかせて、辰造が身を乗り出した。

「辻番所の頭《かしら》に話をつけて、若年寄配下の目付を動かす段取りをつければ、やりようによっちゃあ、河合の家を取り潰すくらいのことはできる。そのあたりのところを河合某にちらつかせれば、おれたちの望みどおりになるんじゃねえかな」

「そのあたりのやり口は、親分にまかせる。ところで」

「ところで、何だ」

鸚鵡《おうむ》返しをした辰造に、半九郎が訊いた。

「おれを火焔の大造に引き合わせることができるか」

「おれと大造とはそりが合わない。おれが御上《おかみ》から十手を預かったのは、大造と張り合うためだ。何かと刃物をちらつかせて脅しをかけてくるあの野郎を、のさばらせておくわけにはいかないからな」

「なら、浅草界隈の岡場所で商いしている女衒を知らないか」

「火焔の大造の息のかかったも同然の奴らだからな、女衒たちは。何人か知っているが、おれが声をかけても、いうことをきかないだろうな」

一瞬、首を捻《ひね》って思案した半九郎が、辰造を見やっていった。

「いい手がある」

「どんな手立てだ」

「おれが動いて、きっかけをつくる。おれが女衒に喧嘩《けんか》を仕掛け、いたぶって無礼打ちにしてやる、と騒ぎ立てたところに親分が出張って、十手をちらつかせて仲裁する。命拾いした女衒たちに恩を売れば、河合と大造がからんだ娘の売り買いについて、喋らせることができるんじゃないか。少なくとも、三、四人の女衒に喧嘩を仕掛ければ、何とかなるだろう」

「どこへ行けば女衒たちがつかまるか、手下たちに女衒たちのことを調べさせよう」

「急いでくれ」

「わかった。銭のためだ。急ごう。明後日の暮六つ頃、顔を出してくれ。それまでに調べておく」

辰造が応じた。

二

「話は終わった。どれ、つけてきた奴を迎えに行くか」

立ち上がった半九郎に、座ったまま辰造が訊いた。

「おれは納屋で待っているよ。用意しておくものがあるか」

「武士を縛りつける縄を用意しておいてくれ」

「縄は納屋に備えてある」

「そうか。後でな」

歩み寄った半九郎が、襖《ふすま》に手をのばした。


通り抜けの出入り口に武士が張り込んでいる。

辰造の住まいの裏口から出た半九郎が、足音を消して武士に近づいていった。

背後に迫った半九郎が、鞘《さや》の櫃《ひつ》から小柄《こづか》を引き抜く。

手にした小柄を、半九郎が武士の背中に浅く突き刺した。

「痛っ」

呻《うめ》いた武士が、ぴくり、と躰《からだ》を震わせる。

武士の耳元に口を寄せて、半九郎がささやいた。

「張り込んでいるのはわかっていた。小柄でも、やりようで背中から心の臓まで突き立てることはできる。死にたくなかったら、おとなしくついてこい」

躰を強ばらせた武士が焦ったように、首を縦に振った。息づかいが荒い。

「このまま小柄を突き刺したまま、辰造の住まいへ向かう。歩け」

後ろからぴったりと躰を寄せた半九郎に押されるように、ぎこちない足取りで武士がすすんでいく。

表戸に沿うように、ふたりが横並びになった。

左手で表戸を開けた半九郎が、武士に告げる。

「入れ」

震えているのか、ぎこちなくうなずいた武士が、辰造の住まいに足を踏み入れた。

辰造から教えられたとおりに、勝手の土間を通り抜け、裏口から庭へ出た半九郎と武士は、小柄でつながれた形のまま納屋へ向かった。

納屋の真ん中には、太い柱が立てられていた。

そのそばに、荒縄を手にした辰造が待っている。

入るなり、半九郎が辰造にいった。

「こいつを柱に縛りつけよう」

「何をする」

もがこうとした武士が、

「痛っ」

と顔をしかめて、よろけた。

「自分で小柄に躰を押しつけて、痛いはないだろう。動くなといったはずだ。柱を抱け」

躰を押しつけるようにして、武士が柱を抱いた。

腰に二刀を帯びたままの武士を、辰造が柱に縛りつけていく。

数巻きしたところで、半九郎が武士に突き刺していた小柄を抜き、櫃におさめた。

辰造が、柱の周りを何度も回って、武士をぐるぐる巻きに縛りつけていく。

身動きできなくなった武士に、半九郎が問いかけた。

「名は何という」

目を閉じた武士が、唇を嚙みしめている。

「もう一度訊く。おぬしの名と、おれをつけろと命じた者は誰か、白状しろ」

口を閉じたまま、武士は話そうとしない。

「痛いめをみないと、喋る気にならないようだな」

そのことばを聞いた辰造が、壁にたてかけた割れ竹を手にとり、無言で半九郎に差し出す。

「割れ竹で叩くと傷が残る。止めておこう」

「いい手があるのか」

問うてきた辰造に半九郎がいった。

「ある」

懐《ふところ》から手拭いをとりだした半九郎が、長くのばして縦に四つに折る。

四つ折りした手拭いを、武士の首に巻き付けた。

「何をする。止めろ」

首を振って、武士がわめく。

次の瞬間……。

「こうする」

両端を握った半九郎が、手拭いをねじり上げた。

首を絞められ、武士が呻いてもがく。

「名をいうか。いわないのなら、もう一締め」

再び、半九郎が手拭いをねじり上げようとする。

「いう、いう」

武士が喘《あえ》いだ。

「名をいえ」

声をかけ、半九郎が手拭いをゆるめる。

「坂本、坂本、市之助」

呻くように坂本が声を上げた。

「おれをつけろ、と命じたのは誰だ」

「それは」

口ごもる坂本に、半九郎がいう。

「そうか。それならいい」

手拭いをねじろうとする半九郎に、

「御用人だ」

首を振って、坂本が悲鳴に似た声を上げた。

手拭いをはずしながら、半九郎が告げる。

「端から話せば、苦しいおもいをしなくてもすんだのだ」

顔を辰造に向けて、半九郎がことばを重ねた。

「親分、坂本殿の縄を解いてくれ」

「何だって。まだ訊くことがあるだろう」

「もういいんだ。後のことは、用人から訊く」

いった後、半九郎が辰造に目配せする。

それが、

（これ以上、何も訊くな）

という意味の仕草だと察知して、辰造が黙り込んだ。

無言のまま、辰造が坂本の縄を解く。

縄の最後の一巻きが解かれたとき、坂本がぐったりと柱にもたれかかった。

「さて坂本殿、屋敷まで送ろう。用人の小川殿とも、いろいろと積もる話をしたいからな」

襟首を摑んで半九郎が、坂本を柱から引き離す。

よろけた坂本が、半九郎にもたれかかった。

抱き留めた半九郎が、

「出かけよう」

しっかり立たせた坂本の右手を摑んだ半九郎が、強く引っ張る。

納屋の戸を開けて外へ出た半九郎に、引きずられるようにして坂本がついていく。

柱のそばに立つ辰造が、そんな半九郎たちをじっと見つめている。

# 三

屋敷に着いた半九郎は、坂本に向かって顎をしゃくった。

怯えたように半九郎に目を向けた坂本が、溜息をついて物見窓に声をかける。

「坂本だ」

物見窓が開けられ、定平が顔をのぞかせた。

「どうしたんです。いつものように潜り口から」

いいかけた定平が、坂本の隣に立っている半九郎に気づいて黙り込んだ。

「秋月半九郎だ。小川殿を呼んでくれ。坂本殿立ち合いの上で、話し合いたいことがある」

声をかけてきた半九郎から、坂本に視線を走らせて定平が訊いた。

「坂本さん、どういうことなんですか」

苛《いら》ついたのか、坂本が声を高めた。

「早くしろ。御用人を呼ぶのだ。早く傷の手当てをしたい」

「傷の手当てですって」

驚いた定平が、半九郎を見やった。

「小川殿につたえてくれ。今度つけさせたら、ただではすまさぬといったはずだ。つけてきた坂本殿には、それなりのお仕置きをしてさしあげた、とな」

冷ややかに告げた半九郎に定平が驚きの声を上げた。

「お仕置きだって。坂本さんにいったい何を」

その問いかけに半九郎が応えることはなかった。

わきから坂本が声を荒らげた。

「早く呼んでこい。傷が痛む」

「ただいま、すぐに」

物見窓を閉めた定平が、詰所の戸を開け閉めして走り出す足音が聞こえた。

急ぎ足で近寄ってくる足音がしたかとおもうと、潜り口の扉がなかから開けられた。

苦虫を潰したような顔つきで、小川が姿を現す。

ちらり、と坂本に目を走らせて、小川が声をかけた。

「定平から聞いた。怪我《けが》をしているようだな。屋敷に入って、傷の手当てをしろ。

定平が手当ての用意をしている」

「それでは、私は」

行こうとした坂本の袖を、半九郎がつかんだ。

「ここにいろ。坂本殿立ち合いの上で、話し合いたいといったはずだ」

何か言いたげに唇を震わせた坂本が、青菜に塩の態でうつむく。

見咎めて、小川が半九郎を睨めつけた。

「坂本に何をしたのだ」

「おれをつけてきたので、ちょいと折檻させてもらった。坂本市之助という名と、おれをつけろ、と命じたのは小川殿、あなただということを話してくれた」

じろり、と坂本を見据えて、小川が問うた。

「口の軽い奴め。坂本、見損なったぞ」

呆れたような笑みを浮かべて半九郎が話しかけた。

「そのことば、そっくり小川殿にお返ししよう。おれは、今度つけさせたら、ただではすまさぬ、といっておいたはずだ。背中に小柄を突き立てられ、納屋に連れ込まれて拷問柱に縛りつけられ、手拭いで首を絞められたのだ。白状しなかったら、おれは、弾みで坂本殿を絞め殺したかもしれぬ」

絞められたときの苦痛をおもいだしたのか、坂本が半ば反射的に首を押さえ、怯えたように身をすくめた。

ほとんど同時に小川と半九郎が、坂本を見やった。

刹那《せつな》……。

小川が吐き捨てた。

「この腰抜けめ。武士たる者が、何と無様な」

「申し訳ありませぬ。息が詰まって、目の前がくらくらして死ぬかと。あんなおもいは、もう二度と」

「聞く耳もたぬ。話が終わるまで、そこに立っておれ」

「傷の手当ては」

「後でよい。死にはせぬ」

「そんな」

がっくり、と坂本が肩を落とす。

そんなふたりのやりとりを見やっていた半九郎が、小川に声をかけた。

「おれは、娘たちの居場所と様子を訊きたいだけだ。おそらく今度の企みの張本人は河合家の御当主だろう」

「なんたる戯言《ざれごと》を。娘たちは無事に暮らしておる」

応じた小川に半九郎が告げた。

「坂本殿は引き渡したぞ。近いうちに会いにくる。そのときにいろいろと話してもらう。どこまで話していいか、河合様と相談しておくのだな」

「いい気になるな。深入りすると、ただではすまぬぞ」

怒気を含んで小川が声を高めた。

「ただではすまぬか。そのまま小川殿にお返しすることばが、もうひとつ増えたようだな」

不敵な笑みを浮かべて、半九郎が小川を見つめる。

負けじと小川が見つめ返した。

一瞬、ふたりが睨み合う。

小馬鹿にしたように、半九郎が鼻先で笑った。

「またな」

いうなり半九郎が背中を向けた。

肩を聳《そび》やかせ、悠然と歩き去っていく
憎悪の眼差しで半九郎を見据える、小川の握りしめた拳が、怒りに小刻みに震えている。

## 四

歩を運びながら半九郎は、小川や坂本ら河合家の家来の、これまでの対応ぶりから、屋敷奉公させる、といって連れてきた娘たちは、どこか表沙汰《おもてざた》にできないところで働かされているに違いない、という推断を深めていった。

（まず間違いない。これは河合家の当主がらみで企まれたことだ。吉野様に報告して、どうやって探索をすすめるべきか、判断をあおぐべき時機がきた）

そう判じた半九郎は、吉野へのつなぎの文《ふみ》をしたためるべく、間近な寺社を求めて歩き出した。

草同心が緊急の用があるときは、話し合いの時と場所を記したつなぎの文を、上役にあたる年番方与力に、何らかの手立てをとって届けることになっている。

支配下にある草同心の呼び出しには、年番方与力は万難を排して応じなければいけないと定められていた。

つなぎの文を届ける方法だが、半九郎の場合は、吉野の屋敷の庭の塀際に立つ樅《もみ》の木の根元に向かって、つなぎの文でくるんだ小石を投げ入れると、吉野との間で取り決めてあった。

新堀《しんぼり》に突き当たった半九郎は、右へ折れて河岸道をすすんだ。

御書院番《ごしょいんばん》組屋敷や旗本屋敷の建ちならぶ一帯を右にみて、歩いていくと右手に寿《じゅ》松院《しょういん》があった。山門の左右に門前町が広がっている。

手前の門前町を素通りした半九郎は、寿松院の境内へ入っていった。

境内の奥の、人目につきにくいところにある庭石に腰をかけた半九郎は、帯に下げていた矢立《やたて》を手に取り、懐から懐紙を取り出した。

矢立から筆を抜き取り、懐紙に、

〈明日暮六つ、例のところで待つ　秋〉

と書き記す。

矢立に筆をしまい、墨が乾くまで待った。

その間、半九郎はつなぎの文に包む、重し代わりの石ころを探して、周りに視線を走らせた。

適当な大きさの石を見つけた半九郎は、文字を書いた懐紙に、もう一枚懐紙を重ねて、束からはがす。

残りの懐紙を懐にもどした半九郎は立ち上がって、目をつけた石ころへ向かって歩き拾い上げた。

つなぎの文を内側に、懐紙を二枚重ねにして丸めながら、その石ころを包み込む。石ころを包んだつなぎの文を懐に入れた半九郎は、八丁堀《はっちょうぼり》の吉野の屋敷へ向かって歩みをすすめた。


庭の塀際に樅の木が立つ、吉野の屋敷の塀のそばに立った半九郎は、ぐるりに視線を走らせた。

人の気配はなかった。

見られていないことを、再度あらためた半九郎は、樅の木の根元めがけて、つなぎの文を投げ込んだ。

耳を澄まして、重し代わりの石が地面に落ちた音を聞く。

木の根に当たったのか、固いものにでもぶつかったような音がして、後は何も聞こえなくなった。

おそらく地面に転がったのだろう。そう判じた半九郎は、再び周囲を見渡して、誰にも見られていないことをたしかめる。

すでに夜五つ（午後八時）は過ぎていた。

蛇骨長屋へ帰るべく、半九郎は歩き出した。


蛇骨長屋の表戸の前に立ち、半九郎は表戸を開けようとした。

つっかい棒がかかっているらしく、きしんだだけで表戸は開かない。

と、上がり端に腰をかけていたとおもわれる誰かが立ち上がって、表戸に歩み寄る足音が聞こえた。

つっかい棒を外す音がして、なかから表戸が開けられる。

顔を覗かせたのはお仲だった。

表戸を大きく開けてお仲が脇へずれた。

なかに入ってきた半九郎に、表戸を閉めながらお仲が話しかけてきた。

「何かあったんじゃないかと、心配していたんだよ」

「心配？　何のことだ」

座敷に上がって胡座《あぐら》をかきながら、半九郎が訊く。

向かい合って横座りしながら、お仲が応じた。

「今日、辰造親分の手下のひとりと、たまたま町なかで行き会ったんだよ。そいつが、親分と半さんが組んでやっていることの下調べをしている、半さんはお仲さんのいい人だろう。きっちり調べ上げるからまかせといてくれ、とやけに張り切っているんだよ。半さん、いったい辰造親分と何をやろうとしているんだい」

「何をやろうとしているといわれても、何といえばいいか」

どことなく歯切れが悪い半九郎の様子に、お仲が眉を顰《ひそ》めていった。

「駄目じゃないか、半さん。辰造親分は十手持ちだといっても、しょせんは掏摸《すり》の元締だよ。どんなに恰好つけていても、頭のてっぺんから足の先まで掏摸の根性が染みこんでいて、抜けない人なんだ。気をつけておくれよ。育ててもらった人だけど、あたしゃ親分と親しくしてほしくないんだ。お願いだよ」

物言いと表情から、お仲が心底心配していることが、半九郎には痛いほどつたわってきた。

しんみりした口調で、半九郎が告げた。

「余計な心配かけたな。実は、ひょんなことで知り合った末吉さんの同郷の人からの頼みで動いているんだ」

「末吉さんて、あたしと同じ女髪結いのお郁さんの連れ合いの、あの末吉さんかい」

「そうだ。末吉さんの知り合いは茂作さんというのだが」

半九郎はお仲に、茂作の娘のお夕や近隣の娘たちが、知行主の旗本河合郡兵衛の屋敷へ奉公すれば、年貢を減らしてやるともちかけられて、五年前から奉公へ出たこと、いまはどこにいるかわからない有様で、茂作も娘に会わせてもらえないことなどを、話して聞かせた。

「それで辰造親分の力を借りようとおもったんだね」

「そうだ。心配してくれるのはありがたいが、おれ一人の力では、どうにも手が余ってな。おれは何とかして茂作さんを娘さんに会わせてやりたいし、他の娘たちの様子も、親たちに知らせてやりたいんだ」

じっと半九郎を見つめて、お仲がいった。

「損な性分だね、半さん。困っている人を見ると、なんとか力になってやりたいとおもう。そんな人、滅多にいないよ。しょうがないねえ」

うつむいて、小さく溜息をついたお仲が、再び半九郎を見つめてことばを継いだ。

「役に立てることがあったら、何でもいっておくれ。必ず役に立つからね」

「頼みたいことができたら、遠慮なくいうよ」

口調を変えて、お仲がいった。

「明日は朝が早いんだ。出かける前に髪をととのえたいとお得意さんから頼まれてね。もう少し、話していたいけど、ここらで引き上げるよ」

「せめて表戸のところまで送ろう。外へ出たら、人目につくからな」

「あたしは、人目についてもかまわないけどね」

微笑《ほほえ》んだお仲に、半九郎が笑みで応えた。

# 五

昨夜、考えついたことを、半九郎は行動に移すことにした。

虎穴に入らずんば虎児を得ず、と諺《ことわざ》にある。狙う相手とかかわらないかぎり、何の手がかりも得られないと、半九郎は考えたのだった。

狙う相手は火焰の大造。早手の辰造を介して、会うことができればよかったのだが、あてにしていた辰造は、火焰の大造とはそりがあわない、という。

大造が河合の屋敷に出入りしているのは何のためか。河合郡兵衛と火焰の大造が、肝胆相照《かんたんあいて》らす仲であるとは、とてもおもえなかった。

銭がからんだつながりに違いない。何の確証もないが、半九郎はそう推断している。

草同心の役目柄、できうるかぎり町々を見回っている半九郎は、火焔の大造が一家を構える場所を知っていた。

幸いなことに、半九郎は火焔一家に乗り込むきっかけになりうる話の種を持ち合わせている。

風雷神門の前で茂作にからんでいた火焔一家の子分三人をとっちめたおり、匕首を抜いた子分たちを傷つけていた。

子分たちの血は浴びなかったが、返り血を浴びたといっても誰も疑わないような、あの場の有様だった。

火焔一家に乗り込み、

「あの折り、着ていた小袖を血で汚された。子分たちがしでかしたこと、責めは親分にもある。洗い張り代を払ってもらおう」

とねじ込み、火焔の大造の出方をみよう、と考えている。

朝五つ（午前八時）頃に蛇骨長屋を出た半九郎は、小半刻（三十分）後には山之《やまの》宿六軒町《じゅくろっけんちょう》にある火焔一家の前にいた。

さらに小半刻ほど、半九郎は火焔一家の周囲を歩き回った。

子分たち相手に斬り合ったときに備えて、逃げ道になる露地や通り抜けなどをあらためたのだった。

（多人数相手の戦いになる。できるだけ狭い道に誘い込んで、ひとりひとり斬り倒し、敵の数を減らしていく。それしか手立てはない）

そう判じた上での、半九郎の動きだった。

火焔一家の表口には、六枚の腰高障子がはめられていた。障子の部分に、火の字が丸で囲まれた代紋が描かれている。

三下《さんした》が竹箒を手に、一家の表を掃いていた。

表戸の前に立った半九郎は、なかほどの表戸に手をかけて開けた。

「入るぞ」

声をかけた半九郎を見やった三下が、相手が二本差しであることに恐れをなしたか、身をすくめて顔を背けた。

足を踏み入れた半九郎に気づいて、廊下へつづく板敷きの上がり端に腰をかけていた子分数人が立ち上がった。

精一杯凄みをきかせて子分たちが、半九郎を睨みつける。

兄貴格らしい男が、声をかけてきた。

「浪人さん、何かご用で」

見つめ返して半九郎が告げた。

「素浪人、秋月半九郎だ。この間、風雷神門の前で旅人にからんでいた火焔一家の子分三人に、人の道を教えてやったとき、着ていた小袖に血をつけられ、汚された。あのときの三人に、小袖の洗い張り代を払ってもらおうとおもってやってきた。三人が払えなければ親分に払ってもらう。親分に取り次いでもらおう」

「てめえ、たかりにきたのか。火焔一家をなめるんじゃねえ。二本差しだとおもって下手にでてりゃあ、いい気になりやがって。みんな、殴り込みだ。出てこい。とっちめてやるんだ」

兄貴格が怒鳴った。

「殴り込みだって」

「ぶっ殺してやる」

わめきながら、奥から子分十数人が出てきた。

そのなかに、風雷神門の前で茂作にからんでいた三人の姿があった。

三人をつづけざまに指さして、半九郎が声を上げた。

「おまえとおまえ、それとおまえだ。さ、洗い張り代を払え」

一歩迫った半九郎に、怯えて三人が後退《あとじさ》る。

「野郎、ただじゃおかねえ」

「勘弁できねえ」

吠《ほ》えながら、子分たちが匕首を抜き連れる。

「匕首を抜いたな。これで相手になる。かかってこい」

帯から鞘ごと大刀を抜き取った半九郎に、

「喰らえ」

「死ね」

わめきながら、子分ふたりが左右から突きかかる。

鞘を、半九郎が無造作に振り回した。

突きを入れてきた子分たちの顔面や首に、鞘が炸裂する。

大きく呻いて、子分ふたりが横倒しに崩れる。

半九郎の迅速の技に、たじろいだのか子分たちが後退った。

踏み込んだ半九郎が、

「次は、腹だ。腕だ。腰だ」

瞬《また》く間に、三人を打ち据える。

あまりの痛みに、匕首を取り落とした三人が相次いで頽《くずお》れた。

「今度は手加減はせぬ。腕の一本、足の一本ぐらい斬り落としてやる」

大刀の鯉口を切った半九郎に、奥から声がかかった。

「そこらで勘弁しておくんなさい。洗い張り代は、あっしが払いやす」

子分たちをおしのけて、五十がらみの、がっちりした体躯《たいく》の男が姿を現した。

獅子《しし》っ鼻で、ぎょろりとした目が印象的な男だった。

「火焔の大造といいやす。これで御勘弁を」

いつのまに用意したのか、大造が懐から紙包みを取り出し、差し出すように腕をのばして、半九郎に歩み寄る。

「親分、やられっぱなしじゃ、面目《めんぼく》がたたねえ」

わきから兄貴格が声を上げた。

足を止めた大造が、兄貴格を見据えた。

「馬鹿野郎。腕の違いがわからねえのか。てめえたちがかなう相手じゃねえ。匕首を引くんだ」

怒鳴りつけた大造に、渋々兄貴格が懐から鞘をとりだし、匕首を入れる。他の子分たちが、兄貴格にならった。

板敷の上がり端まできて、大造が紙包みを差し出した。

「洗い張り代でございます。受け取っておくんなさい」

大刀を帯に差し、遠慮なく受け取った半九郎が、紙包みの感触をたしかめて、

「小判一枚か」

とつぶやいた。

その反応に大造が、すかさず声をかけた。

「左様で。それでは不足ですか」

真面目な顔つきで半九郎が応えた。

「多すぎる。おれは貧乏浪人だ。釣りを払う銭を持ちあわせておらぬ」

にやり、として大造がいった。

「正直なお人だ。なら、お願いがあります。釣り銭の分、働いてもらえませんか」

「これでも、名はいえぬが、とある一刀流の道場で代稽古をしている身だ。用心棒を引き受けることはできぬぞ」

「用心棒になってくれとはいいません」

「では、何をやれ、というのだ」

笑みを含んで、大造が告げた。

「子分たちに、やっとうを教えてくれませんか」

「わかった。おれの都合のいいときでよければ、指南しよう」

「それで結構です。稽古する日には、子分たちを集めておかなきゃいけません。指南してもらえる日の数日前に、指南する日を教えてもらいたいんで」

うむ、と首をかしげた半九郎が、ふたつ、三つと指折り数えて、顔を大造に向けた。

「明後日でどうだ。朝の五つ半には顔を出す」

「わかりやした。子分たちを揃えておきやす」

「では、そのときにな」

背中を向けた半九郎に、大造が子分たちに向かって声を荒らげた。

「何をぼんやりしているんだ。ちゃんとお見送りしねえか」

あわてた子分たちが、

「ただいま」

「気がつきませんで」

相次いでいいながら、居ならぶ。

「二日後に会おう」

子分たちに笑いかけ、半九郎が引き上げていく。

通りへ出た半九郎を追うように子分たちが出てきて、表戸の前にならんで見送っている。

子分たちを一瞥《いちべつ》して、半九郎は歩き出した。

（今日のところはうまく運んだ。焦らずに、火焔の大造と河合郡兵衛とのかかわりを探っていこう。しかし、あまり時はかけられぬ。これからどうする？）

歩みをすすめながら、半九郎は胸中でおのれに問いかけていた。

## 六

その日の夕方、半九郎は船宿〈浮舟《うきふね》〉で上座にある南町奉行所年番方与力、吉野伊左衛門と向き合って話をしていた。

ふたりの前に置かれた高足膳には、湯呑み茶碗しか載っていない。

半九郎は、茂作と知り合った経緯、旗本河合郡兵衛にかかわる茂作の娘お夕はじめ、河合郡兵衛の知行地から年貢の軽減を条件に屋敷奉公したはずの娘たちが河合の屋敷にはおらず、どこにいるかわからないこと、浅草界隈の女衒《ぜげん》たちに顔のきく火焔の大造が河合の屋敷に出入りしていること、浅草、下谷、上野界隈を縄張りとする掏摸の元締で岡っ引きの早手の辰造を使って河合郡兵衛の身辺を探っていることなどを、吉野に話してきかせた。

神妙な面持ちで聞き入っていた吉野が、

「知行地から連れてこられた娘たちがどういうことになっているのか、河合郡兵衛様がやっていることが旗本にあるまじき行いでなければいいが」

眉を顰めてつぶやいた後、半九郎を見つめてことばを継いだ。

「御奉行に相談の上、河合郡兵衛様の行状を密かに調べよう。しかし、支配違いの相手、奉行所でできることと、できないことがある。そのこと、肝に銘じておくのだ」

「承知しております」

応えた半九郎に、吉野がいった。

「わしもどこまでできるか考えてみる。御奉行に、よい知恵があるかもしれぬ」

「娘たちを見つけ出す。それが、いま第一になすべきこと。そのことにしぼって探索していきます」

「無理は禁物だぞ」

「無理をせねば、此度《こたび》の一件、落着できぬかもしれませぬ」

いいきった半九郎を、吉野が見つめた。

「相手は二千石の旗本。秋月のいうとおりかもしれぬ。同じ旗本の立場、御奉行にも忖度《そんたく》する気持ちが生じないとはいいきれぬ。わしも、腹を決めてかからねばならぬな」

「そういっていただけると、やりやすくなります」

じっと半九郎を見据えて、吉野が告げた。

「よいか、秋月。草同心には、御法度《ごはっと》で裁くことができぬ極悪非道の悪人たちを、斬り捨て御免にする権限が与えられている。此度は、遠慮なくその特権を使ってもよいぞ。わが身を守る。そのことに徹するのだ。草同心に斬り捨て御免の特権が与えられたのには理由がある」

「斬り捨て御免の特権を与えられた理由とは？」

鸚鵡返しをした半九郎を、吉野が見据えた。

「一殺《いっせつ》多生《たしょう》ということば、存じておるな」

「存じております。ひとりの悪人を殺して、多くの善人を救うという意味の、仏教の教えのひとつと心得ております」

「草同心に、斬り捨て御免の特権が与えられたもとが、そのことばじゃ」

「此度の一件、まさしく一殺多生があてはまる事件かと」

「気をつけるのだ。河合郡兵衛は、それなりの石高を拝領した直参旗本。同じ武士でも、公儀から、微禄の旗本、御家人、大名家の家臣、町奉行所の役人などより特に庇護《ひご》されている立場にある者だ。此度の一件を評定所《ひょうじょうしょ》に持ち込んだとしても、害を加えた相手が知行地の農民、下手をすればお取り上げにならぬ案件かもしれぬ」

「いまだに武士が農民や町人を無礼打ちにしても、斬り捨て御免として見逃されるご時世。おそらく評定所では、握りつぶされる案件でございましょう。しかし、それでは、人の道が成り立ちませぬ」

「わしも同じおもいだ。人の道に背くとな」

「吉野様」

「秋月、悪を憎む気持ちは、わしも、おまえには負けぬ。が、そのおもいを貫くためにも、命を粗末にしてはならぬ。死んだら、この世では何もできなくなる。わが命を守る。それが、おのれのおもいを貫くための、唯一無二の手立てだぞ」

「そのこと、つねにこころに秘めておきます」

厳しい顔つきの半九郎に、吉野が破顔一笑して告げた。

「堅い話はここまでにして、これからうまいものでも食って、英気を養おう」

戸障子の向こう、廊下に向かって吉野が手を叩いて、声をかけた。

「話はすんだ。酒と肴《さかな》を運び込んでくれ」

「ただいま、お持ちします」

廊下側から仲居の声が上がった。

向き直った吉野に、

「ご馳走になります」

笑みをたたえて、半九郎が声をかけた。

## 七

翌日明六つ（午前六時）前に、半九郎の住まいの表戸を叩く者がいた。

昨夜は吉野と酒を酌み交わし、蛇骨長屋に帰り着いたときは、真夜中九つ（午前零時）を過ぎていた。

起きたばかりだった半九郎は、眠気のさめぬ目をこすりながら、つっかい棒をはずした。

その音を聞いていたのか、いきなり表戸が開けられた。

顔を覗かせたのは、南天堂だった。

「夕べは遅かったな。待ちくたびれて寝てしまったよ」

つっかい棒を壁に立てかけながら、半九郎が訊いた。

「どうした？　稼業柄、朝が弱いのに何があったんだ」

「どうしたもないよ。半さんのことが心配でやってきたんじゃないか」

「心配？　何が心配だ」

「昨夜、火焔の大造の子分のうちでも兄貴分の余佐次《よさじ》という奴が、おれの露店にやってきたんだ。半さん、昨日、火焔一家に殴り込んだそうだな」

「そうだ。火焔の大造は、この界隈で何かと顔が広いと聞いたのでな。万が一、お夕さん同様、河合たちに連れてこられた娘たちのうちの誰かが、浅草の岡場所にでも売られているかもしれないとおもって、聞き込みがてら行ってみたのだ。成り行き上、一暴れすることになってな」

平然としている半九郎に、拍子抜けしたように南天堂がいった。

「そういうことか。余佐次の奴から、明後日、いや昨日の話だから明日か、秋月さんが一家に剣術の稽古をつけにきてくれる。親分から、迎えにいくようにいわれたから、迎えに行くと秋月さんにつたえておいてくれ、と頼まれたんだ」

再び心配したような表情を浮かべて、南天堂がつづけた。

「大丈夫か。火焔一家は乱暴者が多いので、まわりから嫌われているんだ」

「まず心配ない。しかし、どうしておれの住まいがわかったのだろう」

訊いてきた半九郎に、南天堂が応えた。

「余佐次の話だと、何でも子分のひとりが、蛇骨長屋に出入りしている半さんを何度か見かけていてわかったらしい。蛇骨長屋は浅草寺の境内つづきみたいな場所にあるからな。奴らは、縄張り内の見廻りと称して、いつもぶらぶらしている。顔を見られていても不思議じゃない」

「それで、わかった。しかし、凄いことだな。町なかを歩いていたところを見られていたなんて」

いいながら、半九郎は胸中で、

（おれも役目柄、いつもあちこちを見回っている。どこで誰に見られているかもしれない。これからはどこで誰を見かけたか、いままで以上に気を配らねばならぬ）

そうつぶやいていた。

あらたまった口調で南天堂が話しかけてきた。

「余佐次の伝言はつたえたぞ。相手は地回りのやくざだ。しょせん悪党。くれぐれも気をつけてな」

「気をつける。今日は代稽古の日、おれは高林道場に行かねばならぬ。愛想なしだが引き上げてくれ」

「わかった。じゃあな」

小さく手を上げて南天堂が、背中を向けた。

外へ出た南天堂を見送るために、半九郎も露地へ出る。

隣りの表戸をあけて、南天堂が入っていった。

見送った半九郎が、住まいにもどって表戸を閉める。

閉めた表戸の前に立ったまま、半九郎が首を傾げた。

(余佐次たち火焔一家のやくざたちを、勝手気ままに蛇骨長屋に出入りさせるわけにはいかぬ。まっとうな人たちが住んでいる長屋、おれのために厭なおもいをさせるわけにはいかない。さて、どうするか)

思案した半九郎が、空に視線を泳がせた。

（どうやれば、出入りさせないですむか）

目を細めたまま半九郎は、そのことだけを思案して、その場に立ち尽くしている。

# 第四章　同じ穴の狐

## 一

毎月七、十七、二十七の七のつく日は高林道場に代稽古に行く日だった。

早めに住まいを出た半九郎は、下谷にある伊藤派一刀流高林道場へ向かった。代稽古の務めは、浪々の身の暮らしを少しでも助けてやろうと考えた、剣の師高林寛斎《かんさい》の温情ある計らいであることを、半九郎は察していた。

草同心として、半九郎が公儀から陰扶持を得ていることを高林は知らない。草同心は隠密の役務である。自分が草同心であることは、誰にも打ち明けてはならない。それも任務のひとつだ、と半九郎は肝に銘じていた。

剣の師にたいし、隠し事をするのは申し訳ないことだった。が、お務めは大事。草同心の務めについている以上、致し方のないこと。この上は、ただひたすら、決して手を抜くことなく代稽古を務める。それだけが、師にたいして自分の誠を示す、唯一《ゆいいつ》のことだとこころに決めて、半九郎は代稽古に励んでいた。

道場についた半九郎は、まず高林に挨拶した後、稽古着に着替え、すぐに稽古ができる支度をととのえて門弟たちがくるのを待った。

昼飯のための休憩をはさんで、夕七つ（午後四時）過ぎまで稽古をつけ、高林に挨拶して引き上げる、というのが代稽古をする日の半九郎の動きであった。

一件が落着し、探索など草同心としての務めが一段落しているときには、帰る前に高林と四方山《よもやま》話などをすることもある。が、今日の半九郎には行かねばならぬところがあった。

師への挨拶もそこそこに高林道場を出た半九郎は、急ぎ足で辰造の住まいへ向かった。

暮六つ（午後六時）前にやってきた半九郎の顔を見て、辰造が意味ありげに、にやり、としていった。

「手下がおもしろい話を聞き込んできたぞ」

「どんな話だ」

向かい合って座りながら半九郎が訊いた。

「火焔の大造が、賭場に出入りしている大店《おおだな》の主人に妾《めかけ》奉公する女を仲介しているそうだ」

「女を世話しているだと？　どこの誰にだ」

わざとらしく渋面をつくって、辰造が応じた。

「そこまでは、まだ突き止めていない。そのあたりのところを、手下に聞き込ませようか」

「頼む。わかったら、大店の主人のところに乗り込めるからな」

はっ、と気づいて辰造がほくそ笑んだ。

「そうか。その手があったか。店先で、十手をちらつかせ、世話された女の話をもちだしたら、主人も、すぐになにがしかの銭を包んでくるだろう。ますますおもしろくなってきた。それと、半さん、もうひとつ、いい話を手下が聞きこんできているんだ」

「それはいい。話してくれ」

「火焔の大造のところに出入りしている女衒が、江戸にいる間、毎日のように出入りしている居酒屋が上野の山下にあるんだ。〈祭〉という見世でな。女衒の顔を手下が見知っている。とっつかまえて納屋で責め上げ、何か聞き出すか」

「そうだな」

首を捻って半九郎が、ことばを継いだ。

「もう少し泳がせておこう。いま荒事をやると、他の女衒たちにつたわって、新たな手がかりがつかみにくくなるかもしれぬ」

「そういわれりゃ、そうだな」

「その女衒の居場所がつきとめられないか。住まいか、江戸の足場か、どちらでもいい。居場所さえわかれば、いつでも身柄を押さえられる」

「手下にそいつの跡をつけさせるか」

「そうしてくれ」

「わかった」

「おれのほうからも、つたえておくことがある」

「何だい。やけにもったいぶったいい方をするじゃねえか」

「実は、手がかりをつかむために、火焔の大造のところに乗り込んだのだ」

告げた半九郎に、呆気にとられて辰造がいった。

「無鉄砲なことを。命がいくつあっても足りねえぜ」

「ところが、策がものの見事にはまった。大造から頼まれて、子分たちに剣の指南をしてやることになったんだ」

「まいったねえ。そんなことがあるのかい。半さん、ほんとにいい度胸だね。惚れ直したよ」

感心したのか、辰造が半九郎をしげしげと見つめた。

「明後日の暮六つ頃、顔を出す。そのときまでに聞き込んだ話のなかみ次第で、祭をのぞいてみよう」

「わかった。女衒の顔を知っている手下を待たせておくよ」

「頼む。じゃ、これで引き上げる」

脇に置いた大刀に半九郎が手をのばした。

## 二

半九郎が辰造の住まいを後にした頃……。

南町奉行所の奉行用部屋で、南町奉行大岡越前守忠相と吉野が向かい合って話していた。

船宿浮舟で、半九郎が吉野につたえた、直参旗本二千石河合郡兵衛が、年貢を軽減するためと理由をつけ、屋敷へ年季奉公させるといって知行地から連れてきた器量のよい娘たち三十人と、そのうちのひとりである娘お夕の様子をみに江戸へ出てきた茂作にからんだ一件の経緯を、吉野から聞かされた大岡は、うむ、と唸って首を傾げた。

重苦しい沈黙が、その場に流れた。

ややあって、顔を吉野に向けて、大岡がいった。

「これは由々しき大事になりかねぬ一事だ。武士にとって領地、知行地の農民は、領主、知行主ならびにその家来たちの暮らしのもととなる米をつくりだしてくれる者たち。武士の禄高は、領地、知行地でとれる米の石高を示している。その米を生み出す農民たちを騙《だま》して娘たちを集め、どこへいるかわからぬなどとしらばくれるなど言語道断《ごんごどうだん》の河合の所行、幕府が作り上げた仕組みを壊しかねないものだ。年貢として徴収するものは、あくまでも米。娘ではない」

「御奉行は、支配違いの此度の一件、どう扱われるおつもりですか」

「同じ旗本として河合に、旗本としてどう動くべきか、一考を促すべきではないかと。いまは、その程度のことしか考えつかぬ」

一膝すすめて、吉野が問いかけた。

「あまり時はかけられませぬ。今年は、茂作の娘お夕の妹が、河合の屋敷へ年季十年の奉公に出ることが決まっていると聞いております。河合が娘たちを屋敷に奉公させはじめたのは五年前、年六人で現在は三十人の娘が屋敷奉公しています。今年、新たに六人が屋敷奉公させられたら、総勢が三十六人に増えます」

「わかっておる。そちの支配下にある草同心の秋月半九郎は、よく働いてくれている。秋月の探索の結果を、無為にすることはできぬ」

「探索の相手は直参旗本。身辺を嗅ぎ回るうるさい奴、と秋月に刺客《しかく》を向けてくるかもしれませぬ。早く手を打つべきかと」

迫る吉野をじっと見つめて、大岡が告げた。

「吉野、わしが動いても、表立って河合を追い詰めることはできぬのだぞ。わしにできることは、河合郡兵衛がしでかしていることの証《あかし》を揃え、若年寄を密かに動かすか、あるいは評定所一座の一員であることを利用して、その証を評定所に上げ、裁可を仰ぐことしかできぬのだ」

「動いた結果、どうなるか。御奉行の推察のほどをお聞かせください」

問いを重ねた吉野に大岡が応えた。

「吉野、わしが南町奉行になって、さほどの歳月は流れておらぬ。いまの評定所一座の方々と若年寄方の人品を、わしなりに見極めると、おそらく」

「おそらく、なんでございますか」

「此度の、秋月が探索している河合郡兵衛の一件、握り潰され、せいぜい河合が密かに呼び出されて、叱責《しっせき》されるていどのことで終わるだろうな」

「それでは、御政道が」

いいかけて吉野が口を噤《つぐ》んだ。

ことばを引き継いだのは大岡だった。

「成り立たぬ。が、たとえ表沙汰にできぬ手立てでも、御政道を成り立たせねばならぬと、わしは考えている」

「それでは、御奉行は」

「せっかく秋月がひろってきた一件だ。なんとか落着させたい。いま、秋月の探索をわきから手助けできる手立てはないか、と思案しているところだ」

「御奉行は、秋月のために自ら動いてくださるのですか」

「そのつもりだ」

「動かれるときは、私をお連れください」

「もちろんだ。どうするか今夜一晩考えさせてくれ。よりよい知恵が浮かぶかもしれぬ」

「明日のお呼び出しを、お待ち申しております」

深々と吉野が頭を下げた。

三

翌朝五つ（午前八時）過ぎに、半九郎の住まいの表戸を叩く者がいた。

朝飯を食い終え、箱膳と器を洗っていた半九郎は、手を止めて声をかけた。

「誰だい」

「余佐次といいやす。お迎えにまいりました」

やっと聞こえるほどの小さな声で、余佐次が応えた。

「いま開ける」

先夜、南天堂から余佐次のことを聞いていた半九郎は、つっかい棒をはずしに表戸へ向かった。

無言で余佐次は待っている。

歩を運びながら、半九郎は首をひねった。余佐次は火焔一家の子分だった。それも、南天堂の話だと、下っ端ではなく、兄貴分らしい。

(余佐次は、火焔一家の者だと名乗らなかった。やくざ者は一家の名前を名乗って、相手を威圧したがるものだが、余佐次は変わり種で、まわりに気配りができる男なのかもしれぬ)

そうおもいながらつっかい棒をはずした半九郎が、

「開けるぞ」

といって、表戸を開けた。

「入らせていただきます。外にいると、人目につきますんで」

浅く腰をかがめて入ってきた余佐次に、表戸を閉めながら半九郎が訊いた。

「南天堂に、迎えに行くから、おれにつたえておいてくれ、といってきたのは、名乗るときに一家の名を出さないようにしようとおもったからか」

はにかんだような笑みを浮かべて、余佐次がいった。

「長屋には、いろいろな人が住んでいます。なかには、あっしらのような、やくざ稼業の者を嫌ったり、怖がったりする人もいらっしゃる。先生は、長屋住まい。やくざの一家とかかわりがある人だと、つまらぬ後ろ指をさされることがないように、あらかじめ南天堂さんに話を通しておきやした」

「そうか。心遣いをしてくれたんだな」

「いえ。心遣いなんて、とんでもねえ。堅気の衆に迷惑をかけない、できるだけ厭なおもいもさせない、というのがあっしの心がけていることでして」

笑みを返して、半九郎が応じた。

「ちょっと待ってくれ。いま、朝飯を食った後で、器を洗っていたところだ。すぐに終わらせて、出かける支度をする」

行きかけた半九郎に、余佐次が声をかけた。

「器はあっしが洗います。出かける支度にとりかかってください」

足を止めた半九郎を押しのけるようにして、余佐次が勝手へ向かった。

器を洗い出した余佐次を見届け、支度をととのえるべく半九郎が座敷に上がった。

火焔一家に、余佐次とともに木刀を手にした半九郎が足を踏み入れると、三人の子分が近づいてきた。風雷神門の前で、茂作にからんでいた三人だった。

「竹吉《たけきち》といいやす」

「八次《はちじ》で」

「豚松《ぶたまつ》でございます」

豚松と名乗った子分が、半九郎に腹を刺された三人のなかの兄貴分だった。

「あのときのことは、水に流してくだせえ。この通りで」

深々と頭を下げた豚松につづいて、

「あっしも、同じで」

「勘弁してくだせえ」

相次いで竹吉と八次が豚松にならった。

「これからは仲良くしてくれ」

笑みを向けた半九郎を見て、余佐次が声をかけた。

「おれがいったとおりだろう。先生は、おめえたちのことを何も気にしちゃおられない。お詫びのひとこともいやあ、水に流してくださるってな」

顔を半九郎に向けて、余佐次がいった。

「先生、奥で親分が待っておりやす。いきやしょう」

「まずは親分との顔合わせだ。火焔一家でやる稽古の、初日だからな」

草履《ぞうり》を脱いだ半九郎が、板敷の上がり端に足をかけた。

## 四

三十数人の子分たちが、火焔一家の庭で木刀の素振りをしている。

親分の大造も、子分たちにまじって木刀を振っていた。余佐次を見ると、何度木刀を振り下ろしても躰《からだ》の軸がぶれない。半九郎は、余佐次はまともに剣の修行を積めば、皆伝を得ることができるだろうと見立てた。

一方、豚松、竹吉、八次の三人は、ひとつことをやりつづけることが苦手な質《たち》らしく、目を離すとすぐ手抜きをしてだらけてしまう。

(あれでは強くなれない)

稽古初日にして、半九郎が匙《さじ》をなげてしまうほどの体たらくだった。

夕七つ（午後四時）を告げる時の鐘が鳴り始めたとき、半九郎は、

「これにて本日の稽古を終える」

と告げた。

さすがに疲れたのか、子分たちの六割以上は、その場にへなへなと座り込んだ。

もちろん、そのなかに豚松たち三人も含まれている。

あまりのだらしなさに腹が立ったのか、大造が怒鳴りつけた。

「野郎ども、だらしないにも、ほどがあるぜ。これが喧嘩だったら、ぶっ殺されるぞ。立ち上がって着替えてこい。しゃっきりするんだ」

そういう大造も、疲れた顔をしている。

さすがに余佐次たち兄貴分は、稽古が終わってもさほど様子が変わることはなかった。

着替えるために日頃詰めている部屋に戻ろうとした余佐次に、大造が声をかけた。

「余佐次、着替えたらおれの部屋にきてくれ」

「わかりやした」

応じて、余佐次が背中を向けた。

上座に半九郎、向かい合って大造、その斜め後ろに余佐次が座っている。

笑みを含んで、大造が半九郎に話しかけた。

「今日の指南代で、この間の洗い張り代の釣り銭はちゃらにしやしょう」

「ちょっともらいすぎのような気がするが、それでもいいのか」

訊いた半九郎に大造が応えた。

「安すぎるくらいで。指南ぶりに感心しやした。昼飯のときに休んだだけで、あとは、ずっと稽古をつけてくださった。木刀の素振りが、第一にやるべき修行だということがよくわかりやした。秋月さんは、素振りのやり方が悪いと、手をとり足をとって教えてくださる。何であれほど、子分たちみんなに目を注ぐことができるのか、と傍《はた》で見ていて、舌を巻いておりやした」

照れ笑いを浮かべて、半九郎がいった。

「いわれるほどのことはやっていないが、褒《ほ》められると悪い気持ちはしない。毎日素振りをかかさなければ上達が早い。親分のことを子分と同じ扱いをしたら悪いが、親分も、そこにいる余佐次も筋はいい。まじめに修行を積めば、皆伝を得るのも夢ではないぞ」

「ほんとですかい。そいつは嬉しい話だ」

「まじめに修行します。指南してくださいい」

ほとんど同時に大造と余三次が声を上げた。

「やる気がある者には、じっくりと指南する。それがおれのやり方だ」

応えた半九郎に、身を乗り出して大造が訊いた。

「で、次はいつきてくださるんで。指南代は、はずみますぜ」

「そうよな」

つぶやいて半九郎が空に視線を泳がせた。

ややあって、目を大造にもどして口を開いた。

「しばらくの間は、おれが顔を出せるとき、ということにしてくれ。数日中に必ず顔を出す。そのときに指南する日をつたえる」

「なるべく早くお願いしますぜ。あまり間があきすぎると、子分たちがだれてしまう」

「できるだけ早いうちに指南しよう。それより、ひとつ頼みがある」

昨日、辰造から、

「火焔の大造が、賭場に出入りしている大店の主人に妾奉公する女を仲介しているそうだ」

と聞いたときから、折りがあれば仕掛けようと考えていた策を、半九郎は切り出した。

「実は、おれは賭場に出入りしたことがない。よければ今夜にでも、賭場がどんなところか覗いてみたいのだ。賭場に案内してくれないか」

胸をそらして、大造がいった。

「お安いご用だ。うちの賭場に案内しますよ。余佐次につきあわせます」

振り向いて、大造が余佐次に告げた。

「余佐次、いいな」

「こいつはいいや。夜まで先生と付き合えるなんて、嬉しいかぎりで」

向き直った大造が半九郎に話しかけた。

「賭場は代貸の三五郎《さんごろう》に仕切らせていて、あっしは終わり際に顔を出すだけです。賭場には酒も肴も用意してあります。できれば終いまでいていただいて、一献《いっこん》酌み交わしたいもので」

「わかった。付き合おう」

「話は決まった。賭場に行く前に、近くの料理屋でうまい晩飯でも食っていってくだせえ」

懐から銭入れを取り出し、一両を抜きとった大造が、

「余佐次、これで秋月さんを味自慢の見世《みせ》に案内するんだ」

にじり寄った余佐次が、大造から一両を受け取り、

「舌がとろけるような見世に、こころあたりがありやす」

懐から引っ張り出した巾着に、大事そうにしまい込んだ。

そんなふたりを、半九郎が黙然と見つめている。

## 五

火焔一家の賭場は浅草田町《たまち》、正法寺《しょうほうじ》橋の近くにあった。

花川戸《はなかわど》町《ちょう》にある鰻《うなぎ》の蒲焼きが売り物の〈魚金〉で夕飯を食べた後、半九郎は余佐次とともに賭場へ向かった。

「舌がとろけるような」

と余佐次がいったが、魚金の蒲焼きは、まさしく、余佐次がいったとおりの美味《うま》さだった。

歩みをすすめながら、そのことをつたえると余佐次は、

「ほんとのことをいうと、鰻の蒲焼きは値が張るので、あっしのような半端者の口にはめったに入らない代物でして。親分から飯代をもらったんで、こいつは値の張るものを食ってやろうとおもって、てめえが行きたい見世に入ってしまいやした。先生から、そういってもらえると、何といっていいやら」

頭をかきながら苦笑いを浮かべた。

「これからも、余佐次が食べたいものを売り物にしている見世に連れていってくれ。もっとも、おれは貧乏浪人の身、身銭を切って食べにいくことはできぬが」

「あっしも同じで。親分からのご祝儀待ちということになりやすか」

「そうだな」

顔を見合わせてふたりが、楽しげに笑い合った。

吉祥院《きっしょういん》など数寺が連なる寺町を過ぎたところを左へ曲がると、大名の下屋敷に突き当たる。

その屋敷の手前にある不二権現《ふじごんげん》の境内の一隅に、賭場があった。どう見ても賭場には見えなかった。知らない者が見たら、不二権現の宮司のために建てられた離れ

だとおもうだろう。

「それが狙いだ。浅草界隈の大店の旦那衆が出入りしやすい場所に賭場をつくった、と親分がいっていました。ああ見えて親分は、なかなかの商売上手でして。縄張り内の遊所に女を売りにくる女衒たちをとことん締めつけて、親分に挨拶にきて、所場代を払わないと商売ができなくなる仕組みをつくってしまわれた。おかげで子分たちは、不自由しない暮らしができます」

「ものわかりはいいようだな」

「てめえがやくざなのに、こういういい方はないかもしれませんが、親分は、やくざにしては、堅気の人に近い筋道の通し方をなさるお人で」

「そうか」

短く応じた半九郎は、

（堅気の人に近い筋道の通し方をするお人か。たしかに丁半博打《ばくち》も女の売り買いも、やくざにとっては商いの範疇《はんちゅう》に入るのだろう）

胸中で、そうつぶやいていた。

ふたりが賭場に入ったのは、夜の五つ（午後八時）過ぎだった。

盆のまわりには、座る場所がないほど繁盛している。代貸の三五郎に挨拶した後、半九郎は余佐次とともに、賭場の一隅の壁にもたれて胡座をかいた。

「勝負」

壺振りが壺に賽子《さいころ》を放り込み、掲げて盆に振り下ろす。

「二六の丁」

壺振りの声につづいて、客たちのざわめきが上がる。

おもしろそうに眺めている半九郎に余佐次が話しかけてきた。

「先生もどうです。何なら、稽古してもらったお札がわりに札をまわしますぜ。代貸も、先生ならただで札をまわしてもいいぜ、といっていました」

にやり、として半九郎が応じた。

「遠慮しとこう。おもしろそうだ。やりだしたらはまりそうな気がする」

「そのとおりで。あっしなんざ、はまりっぱなしで。あげくの果てに、やくざになったようなものですよ」

ことばとは裏腹、余佐次にはいっさい悪びれた様子はみえなかった。

(やくざ稼業が性に合っているのだろう)

そうおもって、半九郎は余佐次に目を走らせた。

客たちを眺めている余佐次がつぶやいた。

「好きだねえ、佐原《さはら》屋の旦那、またきてるぜ」

聞き咎めて半九郎が訊いた。

「博打好きの大店の主人がきているのか」

顎をしゃくって余佐次が居場所を示した。

「小間物問屋の佐原屋の旦那です。他に、油問屋の南原《なんぱら》屋、呉服問屋の近江《おうみ》屋の旦那もいらしてます」

目立たぬように、少し手を上げて余佐次が指し示す。

盆を囲んで座る客たちに、半九郎が目を走らせた。

三人とも羽織を羽織っている。いずれも五十そこそこの、小太りで脂ぎった男たちだった。

「みなさん、綺麗な遊び方で、うちの賭場の上得意さまです」

声をかけてきた余佐次に半九郎がかまをかけた。

「見た感じでいっちゃあ悪いが、お三方とも博打だけじゃなく、女のほうも好きそうだが、そうでもないのかい」

「さすが先生、よくおわかりで。三人の旦那方には妾の世話もしています。生娘だったそうで、旦那方、上機嫌だったと代貸がいってました」

「そうかい。生娘を、三人もね」

佐原屋たちに目を注いだまま、半九郎が応じた。

# 六

翌日、下城するなり大岡は、吉野を用部屋に呼んだ。

着替えをすませた大岡が、控える吉野に告げた。

「これから、忍びで河合郡兵衛の屋敷に行く。供をしてくれ」

「望んでおりましたこと、お供させていただきます」

吉野が深々と頭を下げた。


近くの武家屋敷の塀の陰に身を寄せて、河合の屋敷を張り込んでいた半九郎は、歩いてくる編笠をかぶった着流しの武士と、付き添う羽織袴姿の武士のふたり連れに目を向けた。

転々と場所を変えながら、朝から張り込んでいた半九郎は、表門を閉じたまま、一切人の出入りのない河合家の様子に、今日は動く気配すらない、と判じて、そろそろ引き上げるかなどと、考えはじめていたところだった。

羽織袴姿の武士に、見覚えがあった。

じっと目を凝らした半九郎が、驚愕のあまり顔をしかめた。

その武士は、南町奉行所年番方与力吉野伊左衛門に違いなかった。

見間違いではないか。そうおもって半九郎は、さらに目を注いだ。

間違いではなかった。

さながら編笠の武士にしたがうように、一歩遅れて吉野は歩いてくる。

(編笠の武士は、おそらく南町奉行の大岡越前守様。吉野様の話を聞き入れて、河合郡兵衛を追い詰めるために、自ら行動を起こしてくださったのだ。ありがたいことだ)

胸中でつぶやいた半九郎は、凝然と大岡と吉野を見つめた。

河合の屋敷の物見窓の前に、大岡と吉野は立っている。

物見窓に向かって、吉野が声をかけた。

「南町奉行大岡様のお忍びでのおとないである。旗本仲間の集まりで御当主とは面識あるゆえの行い、河合様に取り次がれよ」

物見窓が開けられ、顔を出した中間の顔が引きつっている。

「ただいま、潜り口を開けます」

間を置くことなく表門の潜り戸があけられ、定平が出てきた。

腰をかがめ、頭を下げながら、定平が大岡と吉野をなかに請じ入れる。

塀の陰に張り込んでいる半九郎が、河合の屋敷に入っていく大岡と吉野を食い入るように見つめている。

接客の間で大岡と河合が向かい合って話している。吉野は大岡の斜め脇に控えていた。

「南町奉行所に投げ文があった。五年前、河合殿から、年貢を軽減してやるかわりに、知行地の器量のよい娘六人を、年季十年の屋敷奉公に出せと申し入れがあった。名主たちは六人の娘たちを差し出した。以後、毎年六人の娘たちが、知行地から河合殿の屋敷へ奉公に出ている。が、その娘たちは河合殿の屋敷にはおらず、どこへ失せたか行く方しれずになっている、と投げ文には書かれている」

　あらかじめ吉野と相談して決めたとおり投げ文があったことにして、訪ねてきた用件を語りだした大岡に、河合が口をはさんだ。

「そのような根も葉もないことを取り上げられて、訪ねてこられるとは迷惑千万。無役とはいえ、家禄二千石を拝する直参旗本河合郡兵衛でござる。咎め立てされる覚えはない」

　渋面をつくって河合が応えた。

　じっと見つめて、大岡が告げた。

「投げ文には、娘に会うために当家に訪ねてきた、知行地の農民のひとりが、そんな娘は屋敷にはいない、と門番に門前払いをくらっている、と記してある。河合殿は、その農民と会っても、根も葉もないこと、といいきれるのですな」

「大岡殿、南町奉行の職にある貴公が、町奉行の支配が及ぶ範疇がどこまでか御存知ないともおもえぬが、まさか旗本まで貴公の権限が及ぶと勘違いしておられるのではないか」

　せせら笑わんばかりに唇を歪《ゆが》めて、河合がいい返した。

「おことばのとおり、町奉行の権限は直参旗本には及ばぬ。が、投げ文は、そのことにもふれている。町奉行は評定所一座の一員、評定所の話し合いに取り上げていただき、探索の上、裁きをつけてもらいたい、とまで記してあるのだ」

穏やかな口調で話した大岡を、河合が小馬鹿にしたように見やった。

「くどい。そのようなことはないと申しておる」

「ならいいが、知行地と知行主とのかかわりは、幕府の政《まつりごと》の土台ともいうべきこと。万が一にも、投げ文に書かれていたことが紛れもない事実だとしたら、表沙汰になったときには河合の家の存続にもかかわる話。自重されるがよい」

厳しい物言いの大岡を睨《ね》めつけて、河合が告げた。

「そのような事実はないと、何度も申しているではないか」

吐き捨てた河合に、大岡がいった。

「今日のところは、あくまでも忍びでの話、内々ですまそう。が、再度、このような投げ文があったら、拙者《せっしゃ》一存ではすまされぬ。不祥事かもしれぬゆえ、若年寄配下の目付に探索してもらいたい、と評定所へ申し出ることになる。直参旗本同士のよしみ、そのこと、あらかじめつたえておく」

振り向いて、大岡が吉野に声をかけた。

「引き上げる」

うなずいた吉野が脇に置いた大刀に手をのばす。

顔を河合に向けて、大岡がことばを重ねた。

「河合殿、これにて御免」

大刀を手にとり、大岡が立ち上がった。

## 七

家来たちにも見送られることなく、大岡と吉野が引き上げてから、すでに小半刻(三十分)近く過ぎ去っていた。

そろそろ出てきてもいい頃だ。そうおもいながら半九郎は河合家の表門に目を注いでいる。

と……。

潜り口が開き、小川と武士が出てきた。小川が武士に、しきりに頭を下げているところをみると、武士は河合郡兵衛に相違なかった。

河合にしたがって小川が歩いていく。

尾行すべく、半九郎は塀の陰から通りへ歩み出た。

暮六つ（午後六時）に辰造のところにいくと約束している。気にはなったが、いまは河合たちがどこへいくか突き止める方が大事だと、半九郎は判じていた。

武士と河合が行き着いた先は、火焰の大造一家だった。

夜五つ（午後八時）過ぎに、直参旗本と用人がやくざの一家を訪ねる。尋常なことではなかった。

出てくるまで待つ。つけてきた半九郎は、そう腹をくくって、一家の表を見張ることができる町家の外壁に身を寄せた。


前触れもなく、それも、そろそろ深更になろうという刻限にやってきた河合と小川を、驚きをもって大造は迎え入れた。

客間の上座に河合、その斜め脇に小川が、向かい合って大造、その斜め後ろに余佐次が座っている。

座るなり、河合が苛立った様子で話しだした。

突然、南町奉行の大岡越前守が与力を供にやってきたこと、大岡の用向きは知行地から屋敷奉公させるといって連れてきた娘たちが、行く方しれずになっていると記した文が、南町奉行所に投げ入れられたこと、娘のことで茂作という知行地の住人が屋敷に訪ねてきたこと、その後、どういうかかわりかわからぬが茂作とともに秋月半九郎なる浪人がやってきた、と河合が口にしたとき、突然、大造が割って入った。

「待ってくだせえ。いま何と仰有《おっしゃ》いました。浪人の名ですよ。その浪人の名は」

わきから小川が声を上げた。

「秋月半九郎だ」

驚いた大造が、

「秋月半九郎ですって」

振り向いて余佐次に大造が念を押した。

「余佐次、先生の名はたしか」

困惑を露わに、余佐次が答えた。

「秋月、半九郎で。間違い、ありやせん」

顔を歪めて、余佐次がうつむいた。

「知っているのか、余佐次、秋月半九郎を」

訊いてきた河合に、混乱したように首をひねって、大造が応じた。

「知っているも何も、昨夜、一献傾けたばかりで」

「何だと、大造。おまえは、秋月と酒を酌み交わすほどの仲なのか。いつ知りあったのだ」

「つい数日前のことでして」

田舎者にからんでいた子分たちをとっちめたときに、着ていた小袖に返り血がついた、洗い張り代を寄越せ、といって半九郎が殴り込んできたことと、めっぽう腕が立つのと度胸があるのに惚れ込んで、子分たちに剣術の稽古をつけてくれと頼み込み、昨日、稽古をつけてもらったこと、その流れで一献やったことなどを、大造が河合たちに話して聞かせた。

「そいつだ。その秋月半九郎というやせ浪人が南町奉行所に投げ文をした張本人に違いない。そいつが、此度の騒ぎの張本人だ。間違いない」

声を荒らげた河合が、大造を見据えてつづけた。

「大造、手を組もう。ともに、その秋月半九郎を葬《ほうむ》ろう」

「葬る。殺しに手を貸すなんて、そんなこと、できませんよ」

はねつけた大造に、河合がいきり立った。

「何だ。大造、おれのいうことがきけぬのか」

呆れたように河合を見やって、大造が問いかけた。

「河合さまから、金にしてくれ、と頼まれて売り払った娘たちは、どうなるんです。このまま変わらず、手をつけずということでいいんですよね」

苦虫を嚙みつぶしたような顔をして、河合が吐き捨てた。

「そうはいかぬ。できるだけ早いうちに始末するのだ」

「始末する？　殺す、ということですか」

「そうだ。娘たちを生かしておけば、おれのためにならぬ。探索の手がのびぬうちに、この世から消すしかない」

躊躇することなく、大造がいいきった。

「それはできません。あっしには、あっしの顔がありやす。いかに河合さまの仰せでも、商いで売り買いした女たち。あっしは仲介賃は受け取りましたが、女たちを売った金のほとんどは、河合さまの懐に入った。そういうことじゃありませんか」

「このまま女たちには手をつけるな、と申すのか」

「もとはといや、河合さまがうちの賭場でつくった五百両の借金が始まり。借金を取り立てるために、いろいろと手伝いましたが、これ以上、厄介ごとを持ち込まないでもらいてえ。第一、女たちを売って一番儲けたのは、河合さまじゃござんせんか。博奕の借金はちゃらになる。金は儲かる。いいことづくめだったんじゃござんせんか」

「大造、考えなおす気はないか」

「できる手伝いはいたしやすが、秋月さんを始末する話は、河合さまだけですすめてくだせえ。売った娘たちについちゃ、あっしの面目にかかわる。しがねえやくざ者だが、大金をはたいて娘たちを買ってくださった方々に迷惑はかけられねえ。娘たちには手をださねえ、とこの場で約束してくだせえ」

突然、小川がわめいた。

「無礼千万。その言い草、気に食わぬ。そこになおれ」

大刀を引き寄せ、鯉口を切った小川に大造が啖呵《たんか》を切った。

「斬れるものなら斬ってみなせえ。ここは火焔一家のど真ん中だ。子分たちが大勢いますぜ」

「おのれ」

大刀の柄に手をかけた小川を、河合が制した。

「小川、止めい」

はた、と大造を睨みつけ、河合が告げた。

「娘たちのことはともかく、秋月をこちらで始末することに文句はないな」

「娘たちを始末しようとしたら、とことんやりあうことになりますぜ。秋月さんについちゃあ、あっしらにかかわりないところで起きることには、口出しはいたしません」

きっぱりと言い放った大造を睨めつけた河合が、

「引き上げる」

いいはなち、大刀を手にして立ち上がった。小川が、河合にならう。

そんな河合と小川を、上目使いに余佐次が見やっている。

# 第五章　生《い》け簀《す》の鯉《こい》

## 一

火焔一家から河合と小川が出てくる。

（河合たちと大造が会っている。おれのやっていることは、すべて大造につたわっているだろう。まあいいか。出たとこ勝負でいくだけのことだ）

そう腹をくくって、張り込んでいた半九郎は、おもわず首を傾げていた。

夜分訪れたことで、できるだけ早く用談を済ませたとしても、河合たちが火焔一家にいた間は短すぎた。

奇異な感じを半九郎に抱かせた理由は、他にもある。

相手は、旗本二千石河合家の当主郡兵衛と用人の小川である。大造とは身分が違う。表戸の前まで大造以下、少なくとも子分の数名は見送りに出てくるのがふつうだった。

それが、ひとりも出てこない。

(何かあったのかもしれぬ)

そう考えたとき、再び半九郎の目が大きく見開かれた。

表戸を開けて、余佐次が飛び出してきた。

帰って行く河合たちを見やった余佐次が、跡をつけていく。

(余佐次が河合たちをつけていく。何があったのだ。余佐次をつけて、ころ合いをみて、訊いてみるか)

そうおもいながら、半九郎は通りへ足を踏み出した。

しばらく行ったところで、半九郎は立ち止まった。

真っ直ぐにすすんでいく、河合たちをつけているとばかりおもっていた余佐次が、先の辻を右へ曲がったからだった。

河合たちをつけるべきか、余佐次をつけるべきか半九郎は迷っている。

が、それも一瞬のこと……。

(どうせ河合たちは、屋敷にもどるだろう)

判じた半九郎は、余佐次の跡をつけていった。

歩を運ぶ余佐次のすすむ道筋は、半九郎にとって馴染みのものだった。

道なりに行くと蛇骨長屋に行き着く。

声をかけようとして、半九郎はおもいとどまった。

推測どおり余佐次が蛇骨長屋へ向かっているとはかぎらない、と気づいて半九郎は、声をかけるのをやめたのだった。

そのまま、つけていく。

いま、余佐次は蛇骨長屋の露地木戸に向かっている。

(余佐次は火焔一家の子分。蛇骨長屋の住人のなかには、余佐次が出入りすることを快くおもわない者もいるだろう。蛇骨長屋に入る前に声をかけよう)

そう決めた半九郎は、

「余佐次」

と声をかけた。

足を止め、振り返った余佐次が驚いたようにいった。

「先生のところへ行くところで。よかった、ここで会えて」

　近寄りながら、半九郎が訊いた。

「どうした。何かあったのか」

「御存知のはずの、旗本河合郡兵衛が前触れもなくやってきたんで。あっしは、成り行き上、親分と河合の話し合いに同座することになりやした」

　表情ひとつ変えずに半九郎が告げた。

「河合郡兵衛とは会ったことはないが、用人の小川某とは何度も顔を合わせている。実は、豚松たちにからまれていた田舎者は、河合のところへ屋敷奉公するために知行地から連れてこられた娘たちのなかのひとりの父親だったのだ。その縁で、おれは娘たちの行方を捜している」

　困惑しながらも、余佐次が応じた。

「それで合点がいきやした。河合の野郎が『困ったことになった。娘たちを売った証を消したい。そのためには、先生と娘たちを殺さなきゃいけない』と物騒な話をもちかけてきやがって」

「親分は何と応えたのだ」

　申し訳なさそうに、溜息をついて余佐次がいった。

「親分は『自分の面目にかかわるから娘たちには手出ししないでもらいたい。先生を始末することについちゃ、一切かかわらない』と、そんななかみの話をしていやした」

「そうか。親分は娘たちには手を出さないでくれ、と河合にきっぱりといいきったのか」

「そうなんで」

ことばをきった余佐次が、じっと半九郎を見つめた。

「あっしは先生が好きなんで。これからも、何とかあっしにやっとうの稽古をつけてもらえませんか」

見つめ返して、半九郎が告げた。

「おれがばったり一家に出入りしなくなり、おまえひとりがおれに稽古をつけてもらっていることがわかったら、おまえの立場がないだろう。おれが大造と話をつける。うまく仲立ちしてくれ」

一瞬、息を呑んだ余佐次が、声を震わせていった。

「先生、おまえさんは何てお人だ。あっしみてえなやくざ者のことまで、気にかけてくれるなんて、申し訳ねえ。どんなことが起きても、仲立ちいたしやす」

「明日の朝、親分はいるか」

「よほどのことがないかぎり、毎日昼までは、一家にいらっしゃいます」

「明日の昼四つまでに、火焔一家に行く。余佐次もいてくれ」

「わかりやした。何があっても、待っておりやす」

余佐次が強く顎を引いた。

二

余佐次と別れた後、半九郎は辰造の住まいに向かった。

暮六つ（午後六時）に行くと約束している。気にはしていたが、成り行き上、半九郎は身動きがとれなかった。

「秋月だ」

表戸の前に立って、声をかけると土間に下りる足音がして、つっかい棒をはずす音が聞こえた。

表戸が開けられ、なかから見知らぬ男が顔を覗かせた。

「親分が『待ちすぎて、しびれがきれた』といってますよ」

ことばとは裏腹に男の顔には笑みが浮いていた。

「すまぬ。成り行き上、どうにもならなくてな。遅れに遅れた」

声をかけて半九郎が足を踏み入れた。


奥の座敷で半九郎と辰造が向かい合っている。辰造の斜め脇に座っている、つっかい棒をはずしてくれた男を、

「手下の静吉《せいきち》だ。火焔の大造の息のかかった女衒《ぜげん》が、祭に入り浸っていることを聞き込んできた奴だよ」

と引き合わせた後、顔を突き出すようにして訊いてきた。

「さっき表戸のほうから、半さんの声が聞こえてきた。成り行き上、どうにもならなかったことって、どんな話だい」

探索の成り行きで約束の刻限に遅れたり、待ちぼうけにあうことには慣れているのか、半九郎がおもっていたより辰造は怒っていなかった。

「今日は、朝から河合の屋敷を見張っていたのだ。ずっと動きがなくて、そろそろ引き上げようとおもい始めたときに、河合と用人の小川が屋敷から出てきた」

「奴らは、どこへ出かけたんだ」

「どこだとおもう」

にやり、とした半九郎に辰造が舌を鳴らした。

「やけに焦らすねえ。早く教えてくれよ」

真顔になって、半九郎が告げた。

「火焔の大造一家だ」

「大造のところだって」

驚いたのか、辰造が声を高めた。

「これで、河合と火焔一家がつながっていることが、はっきりしたわけだ」

「そうだな」

顔を静吉に向けて、辰造がつづけた。

「女衒の尾行は失敗したが、とりあえずはお手柄だったな、静吉」

苦笑いをして、静吉が応じた。

「女衒の儀助《ぎすけ》は、このところ連日、暮六つ過ぎに、居酒屋祭にやってきて、看板までちびちびやっているそうです。祭の亭主は『女を買いつける旅に出ると数ヶ月、帰ってこない』といっていました」

「儀助が旅に出るのはいつなんだ」

「それが、いつ旅に出るか、決まっていないようで。『突然見世にこなくなる』と亭主が話してました」

「そいつは大変だ」

眉をひそめた辰造が、半九郎を振り向き、声をかけた。

「半さん、明日は、どんなことがあっても祭に行きやしょう。いつ、旅に出るかわからねえ奴だ。儀助を捕まえ損なったら、他の女衒を見つけなきゃいけなくなる。そうなるとことだぜ」

「そうしよう。明日は必ず、暮れ六つ前にここにくる」

顔を静吉に向けて、半九郎が話しかけた。

「静吉、明日はどんなことがあっても、約束を守る。今日のところは勘弁してくれ」

顔の前で手を横に振って、静吉が恐縮した。

「とんでもねえ。二本差しの旦那にそんなことをいわれちゃ、もったいなくて身がすくむようなおもいがしますぜ。明日、待っておりやす」

肩をすくめた静吉が、ぺこり、と頭を下げた。

ほどなくして、辰造の住まいを出た半九郎は、蛇骨長屋へ向かって歩を移していた。

あえて半九郎は、大岡と吉野が河合を訪ねたことと、余佐次から聞いた火焔の大造と河合のやりとりについて、辰造にはつたえなかった。

金儲けの道具として十手を預かっている。それが辰造の実体だと、半九郎は見極めていた。

(気のいい男だが、すべてはつたえられぬ。お仲がいうとおり、辰造の根っ子は掏《す》摸《り》の元締。死ぬまで、その本性が変わることはない。これからも、つたえていいことと、つたえてはならぬことを弁《わきま》えて、つきあわねばなるまい)

そうこころにいい聞かせながら、半九郎は歩みをすすめた。

三

翌日昼四つ（午前十時）を告げる時の鐘が鳴り始めた頃、半九郎は火焔一家の表戸の前にいた。

「秋月だ。開けるぞ」

声をかけて表戸を開けた半九郎の目に、歩み寄ってくる余佐次の姿が映った。おそらく余佐次は、土間からつづく板敷の上がり端に座って、半九郎がくるのを待ち受けていたのだろう。

「親分に取り次いでくれ」

話しかけた半九郎に余佐次が、周囲をはばかりながら小声で応えた。

「親分は、奥に。案内しやす」

背中を向けた余佐次に、半九郎がつづいた。

廊下から余佐次が声をかけた。

「余佐次です。秋月さんがこられたので、お連れしました。話があるそうで」

襖《ふすま》ごしに、大造が応じた。

「秋月さんだと。いるといったのか」

「あっしのそばにいらっしゃいます」

「秋月だ。入るぞ」

声をかけ、返答を待つことなく半九郎が襖を開けた。

「何だって」

顔を上げて襖のほうを見やった大造と、半九郎の目が合った。

すぐに大造が目をそらした。

座敷に入った半九郎の後ろで襖が閉められる。余佐次が閉めたのだろう。

半九郎が大造に声をかけた。

「いやに機嫌が悪いな。何かあったのかい」

ぎろり、と大造が睨みつけた。

「秋月さん、おれを騙《だま》しにきたのかい」

向かい合って座りながら、半九郎が訊いた。

「何のことだ」

「しらばっくれちゃいけねえよ。あっしと河合様のかかわりを承知の上で、乗り込んできたのかい」

「そうだ」

あっさりと認めた半九郎に、呆気にとられた大造が再び問いかけた。

「何を探ろうというのだ」

「豚松たちがからんでいた田舎者は茂作といって、河合が知行地から連れてきた娘の父親なのだ。おれは、茂作の話を聞いて、河合は端から娘たちを売り飛ばす腹づもりで、年季十年の屋敷奉公をさせる、と騙して連れてきたに違いないとおもった。許せないと腹が立った」

「それで、いろいろと調べたのかい」

「悪いか」

「悪いとはいってねえ。それより、いま気になることを聞いた。娘たちは年季十年の屋敷奉公といって連れてこられたのかい」

「茂作は、そういっていた」

「河合さまは、おれまで騙しにかけやがった。十年の年季奉公なんて聞いていない。おれが河合さまから聞いた話は、娘たちは煮るなと焼くなと勝手にしていい。高値で売ってくれ。それなりの手数料は払う、ということだけだ。最近はとんとお見限りだが、河合さまはおれの賭場に通い詰めていた、上得意だったんだ」

丁半博奕で負けに負けつづけた河合に、賭け金を貸しつづけた結果、河合の借金が五百両になったこと、相手が旗本だったこともあって、やんわりと催促しながら待っていたこと、そんなとき河合が、年貢のかたに連れてきた娘たちを売った金で借金を返したい、売り先を知らないので動いてくれと頼んできたこと、貸した賭け金を取り立てるために娘たちを売り歩いたことなどを、大造が半九郎に話して聞かせた。

　聞き終えた半九郎が、大造に訊いた。

「いままで何人売った」

「毎年六人、五年で三十人売った。上物ぞろいで河合さまの手元には、おれへの返済と仲介代をのぞいて、少なくとも千五百両ほど残ったはずだ」

　顔つきもいつもの大造にもどっている。半九郎は、話はうまくすすんでいると感じていた。

　ぼそり、と大造がつぶやいた。

「河合の野郎、知行地の娘たちを食い物にしていたのか」

　聞き咎めて半九郎が訊いた。

「本気でそうおもっているのか」

　顔を上げた大造が、半九郎を見やった。

「おれは、もとは武州の百姓だ。百姓の暮らしは厳しい。貧しすぎる。だから、おれは国を捨てた」

「そうか。親分は百姓だったのか」

「そうよ。故郷を捨てて飛び込んだ、斬った張ったのやくざ暮らしも楽じゃなかったが、てめえの才覚で世渡りできる分、夢があった。いまも夢ん中にいる」

「夢を見つづけている。そういうことか」

ふっ、と息を吐いて、大造が苦い笑いを浮かべた。

「つまらねえ話をしてしまった。聞き流しておくんなさい」

笑みをたたえて半九郎がいった。

「親分、頼みがある」

「頼み？　どんな頼みで」

「いままでどおり、子分たちに剣術の指南をさせてくれないか。見たとおりの貧乏浪人、稼げる場所は失いたくない」

意外そうに大造が半九郎を見つめた。

「本気かい」

「本気だ。頼むよ、親分」

大造の顔がみるみるうちに和らいだ。

「おれのほうこそ、お願いしたいよ。一度稽古してもらっただけなのに、子分たちの、秋月さんにたいする評判が、すこぶるよくてな。偉ぶらずに、分け隔てしないで教えてくれる、と喜んでいる」

そういった後、じっと半九郎を見つめて大造がつづけた。

「秋月さんと河合さまの諍《いさか》いには、あっしは一切かかわりません。そちらで勝手にやってくださいな。ただし」

「ただし、何だ」

問い返した半九郎に大造が告げた。

「おれが娘たちを斡旋した、賭場の常連の旦那方と娘たちに河合さまが悪さを仕掛けたら、旦那方には迷惑はかけられねえ。そのときは、おれと手を組んでもらいてえ」

「わかった。河合に、そんな気配が見えたら、おれに知らせてくれ。娘たちの用心棒は引き受ける。旦那衆に危害が及びそうになったら、旦那衆も守ろう」

「そのときはお願いしやす」

あらたまった口調で半九郎がいった。

「おれは茂作さんと、娘たちの行方を捜すと約束した。できればどこの岡場所の誰に売りつけたか教えてくれないか。これはおれの見立てだが、河合殿は追い詰められている。娘たちを始末して、悪行《あくぎょう》の証を消そうとするかもしれぬ」

「女を売るのも、やくざ稼業の生業《なりわい》のひとつ。秋月さんを信用しないわけじゃないが、売った先に何かあったら申し訳ねえ。悪いが、いまのところ、教えることはできねえ」

「なら、おれのほうで調べるしかないな」

「調べの邪魔はしねえ。おもう存分、調べておくんなさい」

穏やかな口調で大造が応じた。

## 四

暮六つ（午後六時）前に、半九郎は辰造の住まいに顔を出した。なかに入り、奥へ向かって半九郎が声をかけると、

「そこで、待っていてくださいな」

声がして、出てきたのは辰造だけだった。

羽織を身につけ腰に十手を差して、出かける支度をととのえている。

「静吉はどうした？」

「今日はきませんぜ」

応じた辰造に半九郎が訊いた。

「何かあったのか」

得意げに胸を反らして、辰造がいった。

「今頃は祭で、女衒の儀助と世間話でもしているかもしれませんね」

「静吉は、祭にいるのか」

「図星で。おれと半さんが祭に行ったはいいが、儀助が祭から引き上げていたら、無駄足になる。万が一、儀助が早々と引き上げるようなことになったときの引き留め役で、静吉を先に行かせたんでさ」

「考えたな」

「生まれつき、そのあたりの知恵はまわる方で。行きましょう」

土間に置いてある草履を履こうとして、辰造が足を下ろした。

上野東叡山寛永寺《とうえいざんかんえいじ》の下にあることから山下と呼ばれる一帯には、多種多様な見世物、矢場、名物のなら茶所、かばやき所、即席、会席料理屋や蕎麦《そば》屋、茶がま女が売り物の水茶屋や居酒屋など、俗に庇床《ひさしどこ》といわれる見世見世がつらなり、昼夜を問わず、つねに賑わっていた。

また山下界隈には、けころと呼ばれる遊女がいた。一軒の見世にふたりぐらいいて、年増もいたが美人ぞろいだった。見世の入り口から三尺ばかり奥にいて、昼はちょいの間の客、夜四つ（午後十時）ごろから泊まりの客をとった。

祭は、そんな山下のはずれにあった。

祭に入った半九郎と辰造は、一隅の卓を囲むように置かれた樽のひとつに座っている静吉を見つけて近寄った。繁盛している見世らしく、すべての卓に客の姿がある。

気づいて立ち上がろうとした静吉を手で制して、辰造が話しかけた。半九郎は辰造のそばに立っている。

「儀助は、どこにいる」

「あいつが儀助で」

真向かいの一隅の卓を囲む酒樽に座っている儀助を、目立たぬように指さした。

「おまえは、ここに座っていろ。後々のためにも、その方がいい」

小声でいった辰造が、静吉から離れて儀助に歩み寄った。辰造に寄り添うようにして、半九郎がつづく。

そばに立った辰造を、訝《いぶか》しげな目つきで儀助が見上げた。

帯から引き抜いた十手を儀助の目の前にひけらかして、辰造が告げた。

「儀助さん、馴染みの見世に迷惑をかけたくないだろう。訊きたいことがある。表へ出てくれ」

躰《からだ》を強ばらせて、儀助が辰造を睨みつけた。

その瞬間、半九郎が大刀の鯉口を切る。

息を呑んだ儀助が、周囲に目を走らせた後、観念したように応えた。

「いうとおりにします。十手をしまってくだせえ」

うなずいて、辰造が十手を帯に差した。

「親父、今夜は帰る。お代はここに置いとくぜ」

懐から巾着をとりだした儀助が、巾着から銭を抜き出し、卓の上に置いた。


庇床の裏手の露地に、儀助を左右から挟むようにして、辰造と半九郎が立っている。見世の通り側に点《とも》された提灯《ちょうちん》や軒灯籠《のきどうろう》などの明かりが、路地裏の様子も朧《おぼろ》に照らし出している。

十手を儀助に突きつけて、辰造が凄んだ。

「火焔の大造に頼まれて娘を売っただろう。どこへ売った。すんなり話せば見逃してやる」

「たしかに売りました。売った先は、浅草西仲町《にしなかちょう》の茶屋『梅花《うめはな》』。売ったのはお三という娘です」

わきから半九郎が声を上げた。

「お三を売った梅花に案内しろ。お三に会いたい。会わねばならぬ理由があるのだ」

怯《おび》えたように、儀助が半九郎を見つめた。

「会いたいといわれても、梅花に行っても、お三はいねえ」

「いない、だと。馬鹿をいうな。いま梅花に売ったといったではないか」

語気を強めた半九郎に、儀助が引きつった声を上げた。

「お三は、お三は、死んじまったんで」

「死んだ。嘘をつくな」

半九郎が儀助の首を摑んで、締め上げた。

「嘘じゃねえ。お三は、客をとることを拒み、梅花の主人から折檻された。そのときの傷がもとで寝込み、一月もたたないうちに死んだ。死んだんだよう。苦しい、手を離してくれ」

首から手を離して半九郎が告げた。

「おれは、お三にかかわりがある者だ。お三が死んだときの様子を聞きたい。梅花へ案内しろ」

首を押さえて、儀助が喘いだ。

「します。案内しますから、痛めつけないでくだせえ」

「行け。逃げようとしたら、叩っ斬るぞ」

再び、半九郎が大刀の鯉口を切った。

「逃げません。命は惜しい。決して逃げませんから、斬らねえでくだせえ。お願いだ」

悄然と肩を落として、儀助が歩き出した。

肩をならべた辰造が、半九郎に顔を寄せてささやいた。

「半さん、凄い剣幕だったね。おれまで震え上がったよ」

顔を辰造に向けて、にやり、としただけで半九郎が儀助につづいた。

半歩遅れて、辰造が半九郎にならった。

# 五

厚化粧の遊女たちが、見世の表に出て、そぞろ歩いている客たちの袖をひいたり、声をかけたりしている。

先を行く儀助のことを知っているのか、女たちのなかには儀助を憎たらしそうに睨みつける者もいた。

半九郎は、そんな女たちの様子に気がついていた。儀助の一歩後ろからついていくと、それがよくわかった。

女たちは、おそらく儀助から茶屋に売られたのだろう。女たちの仕草からみて、儀助のことをよくおもっていないのは明らかだった。商いのやり口が、あくどいのかもしれない。

観念しているのか、儀助は逃げる素振りをみせなかった。

梅花へ向かって、儀助から一歩遅れて半九郎と辰造が歩みをすすめていく。

梅花は茶屋とは名ばかりの、女郎屋としかみえない見世構えだった。

見世の表に出て、女たちに目を光らせている遣り手婆が、やってきた儀助を見かけて声をかけてきた。

「儀助さん、どうしたんだい。顔色が悪いよ」

「あまり気分がよくないんだ。旦那いるかい」

「いつもの部屋にいるよ」

「入らせてもらうぜ。後ろのふたりは、わけありの相手でな」

目を走らせた遣り手婆が、辰造の腰の十手に気づいて、眉をひそめた。

「なるほど、そういうことかい。儀助さんの気持ちが、よくわかるよ」

「そういうことさ」

苦笑いして儀助が梅花に入っていく。

遣り手婆を、じろり、と見やって辰造が、つづいて半九郎が梅花に足を踏み入れた。

梅花の控え部屋で、主人の五郎吉《ごろうきち》と向かい合って辰造と半九郎、辰造の斜め後ろに儀助が座っていた。

膝の上に置いた右手に握っている十手を、これみよがしに揺すりながら、辰造が切り出した。

「儀助から買ったお三という女のことで、話を訊きにきたんだ」

渋面をつくって、五郎吉が応えた。

「お三のことですか。お三のどんなことを聞きたいんで」

探りを入れた五郎吉に、辰造がずばり訊いた。

「お三が死んだときの経緯だよ。おまえさん、折檻して、お三に大怪我させたんだって。いや、責め殺したんじゃねえか」

凄みをきかせた辰造に、焦った五郎吉が声を上ずらせた。

「殺しただなんて、そんな人聞きの悪いことを」

顔を儀助に向けて、咎めるようにいった。

「話したのか」

袖をまくり上げて、腕をさすりながら儀助が応じた。

「話さなきゃ、捕まっちまうよ」

やけ気味の儀助を睨みつけて、五郎吉が目を辰造にもどした。

「客をとらないとお三が逆らうんで、他の女たちへのみせしめの意味もあって、裏の蔵の折檻場にお三を連れ込んで、柱に縛りつけて竹の棒で殴ったんでさ。あんまり強情なんで、つい腹が立ち、意地になって、三日ぶっつづけで折檻したら、気を失った。その後、高熱を発して寝込んじまって、それから一月ぐらいで死んじまったんで」

「医者に診せたのかい」

訊いた辰造から、五郎吉が目をそらした。

「それが、何かと忙しくて」

蚊の鳴くような五郎吉の声だった。

「ひでえ話だな」

十手を五郎吉の眼前に突きつけた辰造が、数度、ゆっくりと振ってみせた。

溜息をついた五郎吉が、傍らに置いてある木箱の蓋《ふた》を開けた。

木箱から紙包みをひとつとりだした五郎吉が、辰造に微笑んで会釈し、十手を握った方の手の袖をつまんで、袂《たもと》に紙包みを入れた。

何かと揉め事の多い商いである。それらの諍いを手早くおさめるために、日頃から金を入れた紙包みを、木箱のなかに用意してあるのだろう。

袂のなかの紙包みを布ごしに触って、辰造がつぶやいた。

「一両か」

とつぶやいて、首を傾げた。

あわてて五郎吉が、再度木箱の蓋を開け、なかから紙包みをとりだす。紙包みは、目分量で計っても、辰造の袂に入れた紙包みより分厚かった。

新たにとりだした紙包みを、五郎吉が、もう一度辰造の袂に押し入れる。

その間、辰造は袂に紙包みを入れやすいように、手をつきだしたまま動かなかった。

再び、辰造が布ごしに紙包みに触る。

満足したのか、にんまりとして辰造が五郎吉にいった。

「すんだことだ。まあ、いいだろう」

「それでは、無罪放免ということで」

揉み手をした五郎吉に、半九郎が声をかけた。

「お三のものは残っていないか。あったら、もらっていく」

「お三を買い取ったときに持っていた、風呂敷包みが残っているはずで」

手を叩いて五郎吉が、声をかけた。

「誰かいるか」

「控えておりやす」

廊下から男の声がして、向こう側から襖が開けられた。

廊下に座ったまま、男衆が顔を覗かせた。

「お呼びですか」

振り向いて五郎吉が声をかけた。

「死んだ女たちの荷物は何年分、残してあったかな」

「五年前までとってあります」

「なら、お三の荷物は残っているな。持ってきてくれ」

「わかりやした」

襖が閉められた。

## 六

風呂敷包みの結び目が解かれ、包まれていた粗末な木綿《もめん》の着物と守り袋が風呂敷の上に置かれていた。

守り袋を手にした半九郎が、なかに入っていた、細かく折られた紙切れを開いて見ている。

「本納郡、豊助《とよすけ》娘、お三、と書いてある」

書付を折り畳み、守り袋に入れながら半九郎がいった。

「この風呂敷につつまれていたのは、お三のものに間違いないようだな」

着物の上に守り袋を置いた半九郎が、風呂敷を結わえた。

じっと半九郎を見つめていた五郎吉が、話しかけてきた。

「その品でよろしゅうございますか」

「この他に残っているものはないか」

「とっておいても邪魔になるもの。できるだけ少なめに残しておりますので」

うんざりした顔つきで五郎吉が応じた。

わきから辰造が声を上げた。

「引き上げますか。話はすんだ」

腰を浮かせた辰造に、

「そうだな」

意外にもあっさりと、風呂敷包みを手に半九郎が立ち上がった。

「あっしも引き上げます」

残っていても気まずいだけだとおもったのか、あわてて儀助も半九郎たちにつづいた。

梅花の外へ出た途端、儀助が、

「もう勘弁してくださいな。あっしはこれで」

と頭を下げた。

「お三の他に、火焔の大造に頼まれて売った女がいるだろう」

訊いた辰造に、儀助がいった。

「おりやせん。お三が、客をとるのを拒みつづけていると梅花の旦那に聞いたので、その後あっしは、大造親分がからんだ女には手を出しませんでした」

「そうかい。なら、他の女衒の溜まり場を教えてくれ。おまえから聞いたとは口が裂けてもいわない。約束するぜ」

「仲間を売るような真似はできません。御勘弁願います」

深々と儀助が腰を折った。

さりげなく辰造が半九郎を見やった。

無理強いはせぬことだ、といわんばかりに半九郎がゆっくりと首を振った。

その仕草の意味を察したのか、辰造が儀助に告げた。

「仕方ねえな。行きな」

「それじゃ、これで」

会釈して儀助が背中を向けた。

肩をならべて歩を運びながら、半九郎が辰造に声をかけた。

「お三の荷物は、住まいに持って帰る。いずれ茂作さんにお三の形見として渡してやりたいからな」

「おれにとっちゃ役立たずの品だ。半さんにまかせるよ。ところで、五郎吉からせしめた袖の下。半さんの取り分を渡さなきゃならないな」

「おれの取り分はいい。静吉の手柄だ。静吉に渡してくれ」

いかにも狡そうな笑みを浮かべて、辰造がいった。

「そうさせてもらうよ」

「ところで、相談があるのだ」

「何だい」

「明日、河合の屋敷に乗り込もう」

「いいね。行こう」

「朝の四つ半までに、迎えに行く。待っていてくれ」

「待っているとも。またぞろ、銭の臭いがしてきたぜ。明日が楽しみだ」

鼻をひくつかせて辰造が舌舐めずりをした。

## 七

翌日昼前に、半九郎と辰造は河合の屋敷に乗り込んだ。

物見窓に、半九郎が声をかける。

「秋月だ。用があって罷《まか》り越した」

物見窓を開けて、定平が顔を覗かせた。

半九郎が告げる。

「小川殿に至急会いたい。当家に年季奉公したことになっている娘のひとりが、当家が仲介を依頼した者が斡旋した奉公先で死んだ。そのことについて話が聞きたい、とつたえてくれ」

傍らに立っている辰造に目をとめて、定平が訊いてきた。

「こちらさんは」

十手を帯から抜き取った辰造が、定平に突きつける。

「おれは、こういう者だ。いっておくが、おれは目付の旦那たちとも知り合いだ。いい付き合いをしている旦那もいる。町場で起きた、娘が急死した一件、いま調べているところだ」

「早くしてくれ。時が惜しい」

声を高めた半九郎に定平が、

「御用人に取り次ぐ」

いうなり、物見窓を閉めた。


ほどなくして、小川が表門の潜り戸から出てきた。

出てきたところで足を止め、手招きする。

歩み寄った半九郎に、小川が声をかけてきた。

「娘がひとり死んだと定平がいっていたが、何度もいうように、そんな娘たちと当家はかかわりがない。迷惑だ。帰ってくれ」

「そうはいかぬ。いろいろと調べた。ひょんなことから知り合った浅草のやくざ火焔の大造から、当家から頼まれて、出入りしている女衒たちを動かし、縄張り内の岡場所の見世などに娘たちを売った、という話を聞いている」

　血相変えて、小川が声を荒らげた。

「知らぬ知らぬ。貴様、何をいっているのだ。いいがかりもはなはだしい。その分には捨て置かぬぞ」

「その分には捨て置かぬだと。おもしろい。どうしようというのだ。これでも精一杯我慢して下手《したで》に出ているのだ。いいか、よく訊け。お三という岡場所の茶屋に売られた娘が、手酷く折檻され、そのとき受けた傷がもとで死んだ。お三のことは茂作から、話を聞いている。年季奉公十年という約束で知行地から連れてきた娘が、年季のうちに死んだのだ。知行主として知行地の者たちに、どう釈明するか訊きたい」

　十手を高々と掲げて、辰造が凄んだ。

「さっきもいいましたが、岡っ引きでも目付の旦那方とは話がつけられます。目付の旦那を通じて若年寄さまに訴え出ることもできるんですぜ」

「たわけたことを。やれるものなら、やってみろ」

　激したのか、小川が怒鳴った。

　そのとき……。

小川の脇をすり抜けるようにして潜り口に迫った半九郎が、いきなり潜り戸を開けた。

潜り戸の向こうで、あわてて飛び下がる気配がした。

「殿、ご無事で」

呼びかけた小川が、半九郎に飛びかかる。

その腕をつかんでねじり上げた半九郎が、潜り戸の向こうに立つ、河合に声をかける。

「小川殿が出てきたときから気配は察していた。小川殿が『殿』と呼びかけたからには河合郡兵衛殿に間違いなかろう」

その場を動かず、河合が黙然と半九郎を睨《ね》めつけている。

「腕を、腕を離せ」

痛いのか、顔を歪《ゆが》めて小川が呻《うめ》いた。

目を河合に注いだまま、半九郎が小川の手を離す。

それまで逃れようとしてもがいていた小川が、急に力が解き放たれ、躰をささえきれずによろめいた。

見据えて、半九郎が告げた。

「口をききたくなかったら、それでもよい。いっておくが、お三を殺したのは、直接手を下したか否かにかかわらず河合殿、貴公だ。いずれ茂作とともに挨拶にくる。知行主が屋敷奉公といったら、誰でも知行主の屋敷へ奉公するとおもうだろう。河合殿が知行地の農民たちと娘たちを騙したのは明らかだ。罪は償《つぐな》ってもらうぞ」

せせら笑って、河合がいった。

「いい気になるな。出過ぎたことをしたと後悔することになるぞ」

「何があっても後悔することはない」

いい放った半九郎が、辰造を振り向いてことばを重ねた。

「挨拶は終わった。親分、引き上げよう」

「そうだな。これ以上やったら、無礼打ちにあいかねない」

多少、恐れをなしたような辰造の口ぶりだった。

「行こう」

声をかけ、半九郎がさっさと歩き出す。

あわてて、辰造が半九郎の後を追った。

そんな半九郎と辰造を、河合の屋敷の塀の陰から、浪人数人が凝然と見つめている。

いずれも凶悪な人相の、一癖ありげな連中だった。

そんな浪人たちのなかに坂本の姿がある。

「あの浪人が秋月半九郎。先生方に斬り殺してもらう相手です」

「承知した。すぐに片がつく」

頬に刀傷のある浪人が、酷薄な笑みを浮かべて半九郎を見据えた。

# 第六章　雪隠《せっちん》で饅頭《まんじゅう》

## 一

「つけられている」

　半九郎のことばに、

「ほんとうか」

　驚いた辰造が、半ば反射的に後ろを振り向こうとした。

「振り向くな」

　低いが厳しい半九郎の声音だった。

「なぜだ」

訊き返した辰造に応えることなく、半九郎がいった。

「この間、梅花でいただいた金を少し使わせてくれ」

「それはかまわないが、何に使うのだ」

「つけてくる連中をあちこち引っ張りまわしてやろう。この界隈に、親分が知っている見世はないか。一膳飯屋でも、居酒屋でもいい。表から入って裏から抜けることができる見世がいい。深更までつきあわせたら、どんな出方をしてくるか、みてみよう」

「襲ってくるかもしれねえな」

「わからぬ。襲ってくるかこないか、五分五分だ」

うんざりして、辰造がつぶやいた。

「あんまり嬉しくない話だな」

「さて、どこへ行こうか。親分、案内してくれ」

「少し行くと〈だるま〉という居酒屋がある。そこへ行こう」

気がせくのか、せかせかした足取りで辰造が歩き出した。

歩調をあわせて、半九郎も歩みをすすめる。

かれこれ一刻（二時間）ほど、半九郎と辰造は居酒屋だるまにいた。

「そろそろ、次の見世へ行くか」

話しかけた半九郎に、辰造が訊いた。

「次も居酒屋でいいか」

「まかせる」

だるまを出た半九郎は、辰造に行き先をまかせきっている。


二軒目の見世は、小半刻（三十分）ほど歩いたところにある〈瓢簞《ひょうたん》〉という名の居酒屋だった。

ここでも半九郎と辰造は、だるま同様、銚子一本と肴《さかな》一皿で粘って、一刻ほど見世にいた。

肴のおからを食べながら、半九郎がいった。

「後二軒ほど見世をはしごしようとおもっていたが、面倒くさくなってきた。そろそろ仕上げに入ろうか」

杯を飲み干して辰造が応じた。

「そうするか」

「親分は表から出て、見世の前で待っていてくれ。おれは裏口から出て表へまわり、親分と合流する。つけてきている連中に、尾行に気づいていることを教えてやるわけだ」

「おもしろそうだが、あんまりぞっとしないな。おれが見世から出たところで立ち止まっていたら、つけてきている奴らは襲ってくるんじゃないか」

「その心配はない。心配なら、見世の表戸の前にいればいい。襲ってきそうだったら、もう一度見世に飛びこむことだ」

「わかった。そうするよ」

「行こう」

立ち上がった半九郎に辰造がならった。

あらかじめ見世に入ったときに、辰造から瓢簞の主人に、裏口を使わせてもらうかもしれない、とことわりをいれていた。

そのためか、半九郎はすんなりと板場を横切って、裏口の戸を開けた。

その瞬間、裏口を見張ることができる町家の外壁に身を寄せて見張っていたふたりの浪人が、あわてて隠れる姿が垣間見えた。

おそらく浪人たちは、以前、半九郎が表戸から辰造の住まいに入り、裏口から出てきたことがあると坂本から聞いていたのだろう。

浪人ふたりを見いだした半九郎は、裏戸を開けて、できるだけ目立つように、一度立ち止まり、ゆっくりと裏口から出た。

浪人ふたりは、さらに身を潜《ひそ》めようとして、外壁に張りつくようにしている。

歩き出した半九郎は、ゆっくりとした足取りで、瓢簞のわきにある通り抜けに入り、表へ向かった。

瓢簞が面した通りへ出た半九郎は、見世の表戸の前に立っている辰造に歩み寄った。

近づいてきた半九郎を見て、辰造がほっとしたような表情を浮かべた。

肩をならべて、半九郎が辰造にいった。

「裏口にも、見張りがついていた。おそらく坂本が浪人たちに、おれが表から入り裏から出てきたことがある、とつたえたのだろう」

通り抜けから、半九郎の跡をつけてきたとおもわれる浪人ふたりが出てきた。

瓢簞の表戸の前に立っている半九郎と辰造を見て、浪人ふたりが足を止める。

じっとみつめた半九郎が、浪人たちに向かい、わざとらしく馬鹿丁寧に頭を下げた。

調子に乗ったのか辰造が、にんまりと薄ら笑って、半九郎の真似をする。

浪人たちに背中を向けて、半九郎と辰造が足を踏み出した。

少しいったところで半九郎が辰造に声をかける。

「つけてこないな」

「振り向いて、たしかめるか」

「そうだな」

ゆっくりと、半九郎と辰造が浪人たちを振り返る。

辰造が驚きの声を上げた。

「四人になった」

瓢簞の表戸のそばに立った四人の浪人が、鋭い目で半九郎たちを見据えている。

「どうやらつけてくる気は失せたようだな」

話しかけてきた半九郎に辰造がいった。

「まだわからねえ。半さん、用心のためだ。おれの住まいまで送ってくれないか」

「わかった。行くぞ」

歩き出した半九郎に辰造がつづいた。

## 二

翌朝五つ（午前八時）すぎに、南天堂が表戸を叩いて、

「起きてるか。南天堂だ」

と声をかけてきた。

つっかい棒をはずして、表戸を開けると、

「茂作さんから頼まれた一件が気になってな。入っていいか」

「朝飯の後片付けが終わったところだ。入ってくれ」

入ろうとした南天堂の後ろから声がかかった。

「先生」

その声に南天堂が動きを止めた。

声のしたほうに半九郎が目を向ける。

そこに、浅く腰をかがめて挨拶する余佐次の姿があった。

「どうした」

訊いた半九郎に余佐次が応えた。

「親分が、急に先生に会いたいといいだしまして、迎えにきました」

「支度をする。なかに入って待っていてくれ」

躰《からだ》をずらした南天堂の傍《かたわ》らを、会釈して余佐次が通り抜ける。

板敷きの上がり端に余佐次が腰を下ろした。

見届けた半九郎が、向き直って南天堂に話しかけた。

「見てのとおりだ。またにしてくれ」

「わかった」

応じた南天堂が声を潜めて訊いた。

「大丈夫か」

無言で、半九郎が微笑む。

その笑みが、大丈夫だ、という意味だと察したのか、南天堂が、

「じゃ、後でな」

一瞬、不安の残る面持ちで半九郎を見つめ、踵《きびす》を返した。

火焔一家の奥座敷で、半九郎と大造が向き合い、大造の斜め脇に余佐次が座って

いる。

「急に呼び出して、申し訳ねえ。相談に乗ってもらいたいことができたんだ」

「おれにできることか」

「先生でなきゃできないことだ」

「話を聞こう」

じっと半九郎を見つめて、大造が話し始めた。

「実は、娘たちを世話した御店《おたな》の旦那三人が、昨夜深更、突然、相次いでやってきたんだ。妾宅に行ったら、家の前に浪人がふたり立っている。裏口にまわったら、そこにもひとり立っていた。近くの料理屋で一刻ほど、時を潰して行ってみたが、相変わらず浪人たちが立っている。何のために見張られているのか、わからない。狙われているみたいで気持ちが悪い。何とかしてくれ、と三人とも同じような話をしている」

とりあえず妾宅に子分たちを差し向け、妾たちを守ること、旦那方にはいったん店へ帰ってもらうこと、浪人たちを追っ払った後、旦那方に知らせるとつたえたことなどを半九郎に話して聞かせた後、大造が腹立たしげに吐き捨てた。

「妾宅を見張っていた浪人たちは、おそらく河合が差し向けた奴らだろう。あの野郎、女たちを皆殺しにすれば、知行地の百姓たちを騙《だま》して連れてきた娘たちを売り飛ばした証《あかし》はなくなる、と腹をくったんだ」

「たぶんそうだろう。河合の家を守るためには、その手しかない。ところで、河合は娘たちの居場所を知っているのか」

問うた半九郎に、大造が応えた。

「知っている。商いが終わるたびに、娘たちをどこに売ったか、すべて河合に知らせてある」

じっと大造を見つめて半九郎が告げた。

「おれに何をしろ、というのだ」

「女たちを守ってもらいたい」

「茂作さんと娘たちを見つけ出すと約束した。引き受けよう。ただし」

「ただし、何だ」

鸚鵡《おうむ》返しをした大造に半九郎がいった。

「娘たちの居場所を、おれに教えてくれるな。でないと、どうやって守るか、策が立てられぬ」

「教えよう。女たちを買った先は、多額の金を払っている。みんな上玉だったからな。河合の勝手にさせたら、女たちを仲立ちしたおれの顔が潰れる。買い主たちへの義理もたたねえ」

顔を向け、大造が余佐次に声をかけた。

「余佐次、隣りの部屋から証文を入れた木箱をふたつ、持ってきてくれ」

「女の商いにかかわる書付を入れてある木箱ですね」

「そうだ」

「すぐとってきます」

裾を払って、余佐次が立ち上がった。


「とりあえず娘たちが、どこへ売られたか書きうつしたい。所在をつかんだ上で、どう守るか策を練ろう」

と半九郎が申し入れ、大造が受け入れた。

その後、半九郎は文机《ふづくえ》のある部屋に移り、余佐次立ち合いのもと、木箱から証文を一枚ずつ取り出して、娘たちの売られた先と売値を巻紙に書きうつしていった。

最後の証文の記述を書き終えた半九郎が、余佐次に告げた。

「娘たちの居場所と売値は書きうつした。妾として三人、芸者の置屋に九人、十八人が茶屋の体裁をとった遊女屋に売られている。遊女屋に売られたお三は死んでいる。残る二十九人をどうやって守るか話し合いたい。そう親分につたえてくれ」

「証文もあるし、ここに親分を呼んできましょう」

「まかせる」

「すぐ連れてきます」

身軽い仕草で余佐次が座を立った。

ほどなくして、大造と余佐次が部屋に現れた。

ふたつの木箱と、半九郎が書いた書付が、向き合って座る半九郎と大造の間に置いてある。

「木箱のなかみと、証文の一部を書きうつした書付をあらためてくれ」

声をかけた半九郎に大造が応じた。

「余佐次が立ち合っている。それには及ばねえ。どうやって女たちを守るか、手立てを講じるのが先だ」

「おれの身はひとつだ。まずおれが誰を一番先に守るか、親分が決めてくれ。残る女たちは、子分たちを何人かずつ分けて、警固にあたらせる。遊女屋や置屋に売られた女たちは、見世の者たちと一緒にいることが多い。この二、三日は女たちがいるところを見回らせるだけでいいだろう。浪人たちが現れ、不穏な動きをみせたら、警固の人手を増やす。いまのところ、そんなことしか考えつかぬ」

感心したように大造がいった。

「さすが秋月さんだ。証文を書きうつしている間に、それなりの策を考えてくれていたんだな。いま危ないのは妾奉公している女たちだ。一家にとって賭場で一番のお得意は、油問屋の南原屋さんだよ」

「油問屋の南原屋か。火焔一家のなかで、女たちの警固にまわすことができる子分は何人だ」

訊いた半九郎に大造が、首を傾げた。

「賭場を閉めるわけにはいけない。少なくとも代貸を入れて六人は、賭場にとられる。残る二十五人は警固や見廻りにまわせる」

「二十五人か。女たちのいる遊所は何カ所だ」

「五カ所だ」

「ふたり一組で見回るとして十人いる。残る十五人で三カ所の妾宅を警固するしかないな。六人ずつ二カ所。三人で南原屋の妾宅。南原屋にはおれが警固につくから四人になる。三軒の妾宅は、どこにあるのだ」

「切絵図をみながら話そう」

振り向いて、大造が余佐次に声をかけた。

「余佐次、切絵図を持ってきてくれ」

「すぐ持ってきやす」

余佐次が腰を浮かした。

三

火焰一家で大造と話し合って、子分たちを妾宅の警固や岡場所を見廻る組に振り分けた。

その間に、一家にいた余佐次たちに命じて、出かけている子分たちを集めさせた。

子分たちが揃ったときには、夕七つ半（午後五時）を過ぎていた。

すでに余佐次は、半九郎とともに南原屋の妾宅を警固することになっている。残るふたりを誰にするかは、余佐次にまかせることにして、半九郎は、

「警固するにあたって必要なものがあるので、住まいに帰る。夜五つ頃にもどる」

そういいおいて、半九郎は火焔一家を出た。

必要なものがあるというのは、半九郎が蛇骨長屋へもどるいいわけだった。

実のところ、お仲に頼みたいことがあった。そのために、お仲が帰ってくるころ合いを見計らって、半九郎は火焔一家を後にしたのだった。


やってきた半九郎を、お仲は座敷に招き入れた。

向かい合って座るなり、お仲が話しかけてきた。

「頼みごとだね」

なぜか嬉しそうな、お仲の口調だった。

「茂作さんの捜している娘たちの居場所がわかった。みんな女衒《ぜげん》たちによって遊女屋や芸者の置屋、大店の主人に売られていた」

「やっぱり、そうだったのかい」

つぶやいたお仲が、半九郎を見つめてつづけた。

「けど、どうして、こんなに早く、娘たちの行方を突き止められたんだい」

「心配するんじゃないかとおもっていわなかったんだが、実は辰造親分から、火焔一家の息のかかった女衒たちが、女たちを火焔一家の縄張り内の岡場所の見世や置屋に売っていると聞いたので、火焔一家に乗り込んだのだ」

半九郎は、火焔一家に乗り込んでから今日に至るまでの成り行きを、お仲に話して聞かせた。

聞き入っていたお仲が口をはさんだ。

「それでわかった。長屋の誰かが火焔一家の子分が半さんのところにきていたのを見て、やくざ者に出入りされてはかなわない。秋月さん、どうしたんだろう、と噂しているという話を聞いたので心配していたのさ。そういうことだったのかい」

心配を露わに、お仲がつづけた。

「火焔の大造は筋金入りのやくざ、気をつけておくれよ。できれば、つきあわないほうがいいとおもうけどね」

「ところが、そうもいかぬのだ。茂作さんのところから、旗本に騙されて連れてこられた娘たちのひとり、お三という娘が茶屋とは名ばかりの遊女屋に売られ、客をとるのを拒んだために折檻されて、そのときの傷がもとで死んでいる」

眉をひそめて、お仲がつぶやいた。

「いままでに、娘がひとり死んでいるのかい」

「他の娘たちがどうなっているかわからぬ。娘たちと会って、借金が幾ら残っているか聞き出し、大造や娘たちを買った旦那たちと掛け合って、なんとか故郷に帰してやりたいんだ」

じっと半九郎を見つめて、お仲がいった。

「これはあたしの勘だけど、ほとんどの娘が故郷に帰りたくない、というとおもうよ」

驚いた半九郎が、お仲を瞠目《どうもく》して訊いた。

「なぜだ。なぜ、そうおもうのだ」

「娘たちは昔のままじゃないんだよ。故郷に帰ってから、男たち相手に躰《からだ》を売っていたことを知られたら、昔のような暮らしはできない。娘たちは、いい人を見つけて身請けしてもらうか、年季が明けたら、働きながらひとりで生きていこうと、覚悟を決めているはずさ」

「そうか。まず最初にやることは、娘たちの気持ちを訊いてやることか」

「そうだね。気持ちをたしかめて、どうしたらいいか考えるしかないだろうね」

「ひとりずつ訪ねて、気持ちを訊く。それしか手はないか」

「ひとりずつ訊いていくとなると、かなり時がかかるね」

首を捻って、お仲が黙り込んだ。

しばしの沈黙があった。

何かをおもいついたらしく、お仲が声を上げた。

「そうだ。お駒姐《こまねえ》さんに頼もう。お駒姐さんはいまでも売れっ子の芸者の古株、男芸者たちにも顔がきく。男芸者たちに声をかけてもらって、置屋に売られ、芸者にされた女たちをひとつ所に集めるのさ。わけを話せば、お駒姐さん、必ず相談に乗ってくれるよ」

「それはいい考えだ。しかし、女たちを集めるとなると、何やかやと大変だろう。女たちを集めやすい、いい手立てがないかな」

思案した半九郎が、よい知恵をおもいついたか、強くうなずいた。

「南天堂に頼もう。ただで運勢を占ってもらえるということなら、女たちを集めやすいだろう」

「それはいい手かもしれない。あたしは、明日にでもお駒姐さんに会って、相談してみる。たぶん大丈夫だとおもうよ」

「おれも南天堂に話して、何とか引き受けてくれと頼んでみる。まず大丈夫だろう」

「女たちがどこにいるか、書付にして、明日の朝までに届けておくれ。明け六つ半までいるよ」

「承知した。必ず届ける。すまぬがこれで引き上げる。お仲に渡す、娘たちを売った先を記した書付を書かねばならぬからな」

立ち上がった半九郎に、

「そうだね。ひとり死んでいる。のんびりしているわけにはいかないね。せめて表戸まで送っていくよ」

お駒が腰を浮かせた。

## 四

お仲に心配をかけないように、半九郎はいったん住まいに帰った。

しばしの間を置いて表戸を開けた半九郎は、お仲の家の表戸が閉められているのをたしかめた。

音を立てないようにして表へ出た半九郎は、火焔一家にもどるべく歩き出した。

火焔一家で余佐次たちと落ち合った半九郎は、新鳥越町《しんとりごえちょう》にある南原屋の妾宅に向かった。

道すがら、半九郎は、妾宅の表を余佐次と子分のひとりが、横手を残る子分が警固するように指図した。半九郎自身は、妾宅の表を見張ることができる通り抜けに身を潜めて、見張ることにしている。

聖天町《しょうでんちょう》には佐原屋の、藪之内《やぶのうち》には近江屋の妾宅がある。三軒の妾宅は、さほどの隔たりもないところに位置していた。佐原屋の妾宅が襲われたときは太鼓《たいこ》、近江屋の妾宅が襲撃されたときは鉦《かね》を鳴らすと、子分たちを、警固するそれぞれの妾宅に振り分けたときに決めている。

打ち鳴らす太鼓や鉦の音が聞こえたときは、南原屋の妾宅が襲われていないかぎり、半九郎が駆けつけることになっている。

南原屋の妾宅は左右二本の門柱から連なる黒色の板塀で囲まれた、こぢんまりとした瀟洒《しょうしゃ》な建屋だった。

警固を始めて一刻（二時間）ほど過ぎたころ、三人の浪人が妾宅へ向かって歩いてきた。

門柱の前に立つ、余佐次と子分が身を固くして身構える。

ふたりの視線の先を、半九郎が見つめた。

歩いてくる三人の浪人がいた。

浪人たちが、歩きながら大刀を抜き連れる。

長脇差を抜いて余佐次たちが構えた。

半九郎が大刀の鯉口を切る。

浪人たちが小走りになった。

構えたまま、余佐次たちは動かない。

敵が間近に迫るまで動くな、と余佐次たちに指図してある。

斬られそうになったら、脱兎のごとく逃げ出せ、ともつたえていた。

横並びになった三人の浪人の左手が左下段、右手が右下段、真ん中が上段に構えて余佐次たちに迫っていく。

大刀の切っ先が届きそうな間合いに達したとき、余佐次と子分が左右に跳んだ。

その瞬間……。

通り抜けから走り出た半九郎が、三人の浪人へ向かって一跳びした。

跳びながら大刀を抜き放ち、上段に振り上げる。

跳び下りながら、背後から真ん中の浪人に向かって大刀を振り下ろした。

足音に振り向こうとした浪人の頭頂に、半九郎が大刀を叩きつける。

頭蓋《ずがい》に食い込んだ大刀を引き抜きざま、間を置くことなく半九郎は、左手の浪人、右手の浪人へと刃を打ち付けていた。

左の浪人が右の脇腹から左へ、右の浪人が左から右へと腹を斬り裂かれ、よろけて倒れた。

真ん中の浪人は、頭頂からから血を噴き上げながらひざまづき、その場に崩れ落ちた。

半九郎の、あまりの早業に左右に逃れた余佐次と子分が仰天して、

「強え」

「凄い」

ほとんど同時に声を上げ、棒立ちとなった。

突然、打ち鳴らす太鼓の音が響いた。

聖天町の佐原屋の妾宅が襲われたことを知らせる合図だった。

「左右にいた浪人に止めをさせ。万が一、息を吹き返したら、妾宅に斬り込むかもしれぬ」

「わかりやした」

それぞれの間近に倒れた浪人に近寄った余佐次と子分が、ふたりの浪人の首に長

脇差を突き立てる。横手にいた子分は、竦《すく》んだのか、もといた場所で棒立ちになっていた。

虚空をつかんで、呻き声を発した浪人ふたりががっくりと息絶える。

「ふたりはここに残れ。余佐次、先に立て。聖天町へ急ぐのだ」

「ついてきてくだせえ」

走り出した余佐次を半九郎が追っていく。

新鳥越町から聖天町の佐原屋の妾宅までは、目と鼻といってもいいほどの隔たりだった。

駆けつけた半九郎は、へっぴり腰で三人の浪人と睨み合う四人の子分たちを目にとめた。

右上段に構えて走り寄った半九郎が、浪人の背後から斬りつける。

気づいて振り返った浪人を袈裟懸《けさが》けに斬り倒した半九郎は、横に跳んで、右下段に構えた。

浪人たちが左右から半九郎に斬りかかる。

切っ先を避けるべく一歩動いた半九郎が、浪人のひとりを振り上げた刀で脇腹から腋《わき》の下へと斬り裂いた。

浪人が撥ね上げられたように伸び上がり、横向きに倒れ込む。

あまりの迅速さに愕然とした残るひとりを、半九郎は躊躇することなく返す刀で袈裟懸けに斬り捨てていた。

浪人がその場に頽《くずお》れる。

「先生、豚松と八次が殺られました」

余佐次の声に半九郎が振り返る。

黒く塗られた板塀のそばに額《ひたい》を割られた、血まみれの豚松が倒れていた。そばに太鼓が転がっている。

少し離れたところに背中を斬り裂かれた八次が、うつ伏せになって息絶えていた。

「豚松と八次の骸《むくろ》をかたづけろ」

子分たちに声をかけた半九郎が、余佐次に告げた。

「生き残った者は、ここを守れ。藪之内の近江屋の妾宅が気になる。余佐次、案内しろ」

「いきますぜ」

走り出した余佐次に半九郎がつづいた。

藪之内の妾宅には異常はなかった。

半九郎は、余佐次とともに、そのまま近江屋の妾宅の警固にあたった。

空が白々と明けそめる頃、半九郎は余佐次に声をかけた。

「今夜は襲撃はあるまい。住まいにもどって仮眠をとる。余佐次は、佐原屋の妾宅にもどり、警固しているみんなに指図して、豚松と八次の骸を一家に運び込むのだ」

「わかりやした」

「親分には、昼前には顔を出すとつたえてくれ」

「つたえておきます」

無言でうなずいて、半九郎が足を踏み出した。

蛇骨長屋の住まいにもどった半九郎は、お仲に渡す娘たちの売り先を記した書付を書き上げた。

明六つ（午前六時）過ぎに、半九郎はお仲の住まいに顔を出した。

書付を受け取ったお仲が、微笑んでいった。

「昼前には、お駒姐さんのところに行ける。話をまとめてくるよ」

「頼む」

笑みをたたえて半九郎が応じた。

## 五

半刻（一時間）ほど仮眠をとって、半九郎は南天堂を訪ねた。

表戸の前で半九郎が声をかけると、くるのを待ちわびていたのか、駆け寄る足音がして、南天堂が表戸を開けた。

半九郎の顔を見るなり、南天堂がいった。

「無事だったか、よかった」

「横にずれてくれ。入れぬではないか」

「あっ、そうか」

南天堂が横にずれた。

足を踏み入れた半九郎に、つっかい棒をかけながら南天堂が声をかけた。

「座敷にあがってくれ。おれは茶をいれてくる」

「なるべく濃い茶にしてくれ。まだ眠気がさめていない」

「贅沢いうな」

応えた南天堂に苦笑いして、半九郎が座敷に上がった。

座敷で南天堂と半九郎が向き合っている。ふたりの間に、ふたつの湯呑みが載った丸盆が置かれていた。

茂作から捜してくれと頼まれた娘たちのひとり、お三が売られた先で折檻され死んだこと、火焔の大造の息のかかった女衒たちが、火焔一家の縄張り内の岡場所にある茶屋や遊女屋、芸者の置屋に娘たちを売り払ったこと、大造が『旗本の河合郡兵衛に頼まれて娘たちを売った』と話していること、河合が知行地から騙して連れてきた娘たちを殺して、悪行の証を消そうと企んでいることなどを南天堂に話した後、半九郎がことばを継いだ。

「昨夜は、大店の主人三人に妾として売られた娘が襲われそうだということで、火焔一家の子分たちとともに妾宅三軒を警固した。三軒のうちの二軒が殺し人とおもわれる浪人たちに襲われたが、二軒の妾宅が近かったため一件の妾宅で浪人三人ずつ、合わせて六人の浪人を斬り捨ててきた」

驚いて南天堂がいった。

「半さん、昨夜は命がけだったわけだな。いかに茂作さんとの約束を果たすためといっても、厄介極まる。止めろ、といっても半さんの気性だ、止めないだろうし、おれは腕っ節はからきしで役に立ちたくとも足手まといになるだけだ。無い無い尽《づく》しみたいな有様だな」

苦い笑いを南天堂が浮かべた。

「火焔の大造は、噂とは違って、なかなかさばけた男でな。敵にまわさないかぎり、おれに悪さを仕掛けてくることはなさそうだ」

「強引なやり口で縄張りを広げてきたやくざだ。気を許しちゃいけないぜ」

「わかっている。おれも火焔一家に深入りをする気はない。しかし、此度《こたび》はやむを得ない。大造は、娘たちを売った先に迷惑をかけられない、というやくざとしての面目がかかっている。おれは娘たちの命を守らなければいけない。たまたま、娘たちを守り抜くという目的が一致しただけだとおもっている」

「そうはいってもなあ」

心配顔で南天堂が首を傾げた。

「大造は、娘たちを売ったときに買い手と交わした証文を書きうつしてもいい、といってくれた。おかげでお三以外の二十九人の居場所がわかった。ひとりひとり捜していく手間を考えたら、火焔一家さまさまみたいな話だ」

「まさしく、虎穴に入らずんば虎児を得ず、の見本みたいな話だな」

「おれは、おれがうつした娘たちの居場所などを、さらに書きうつして、さっきお仲に渡した。お駒という姐さん芸者に頼んで、できれば置屋に売られた娘九人を一カ所に集めてもらい、今後どうしたいか、身の振り方を聞き出してもらおうとおもっているんだ」

「なぜ、娘たちに今後の身の振り方を訊くんだ。故郷に帰るのが一番じゃないのか」

訝《いぶか》しげに南天堂が訊いてきた。

「おれもそうおもっていたんだ。が、お仲から聞いた話で考えが変わった」

「どう変わったんだ」

「お仲は、遊女にされたり転び芸者になった娘たちは、そのことが知れたら故郷では暮らせないだろう。娘たちは、どう生きていけばいいか考えているはずだ、というのだ」

「たしかに、そうだろうな。事がますます厄介になってきた」

あらたまった口調で半九郎が切り出した。

「実は、南天堂に頼みがあってきたんだ」

「何だ」

「置屋に売られた娘たちに、ただ声をかけても、なかなか集めにくいだろうとおもって、いろいろ考えた。それでおもいついたのが、南天堂がただで女たちの運勢を占う、という催しだ。引き受けてくれないか」

「茂作さんがらみのことで役に立つことがあるのなら、何でも引き受けようと決めていたんだ。仕事を休んでもいい。やろう」

「ありがたい。これでひとつ前にすすんだ」

「南天堂さまの占いがよく当たるということを、半さんやお仲にみせつけるよい折りだ。しっかりと務めさせてもらおう」

南天堂が軽口を叩いた。

「頼む。ところで、これから火焔一家に行く。これからの段取りを話しあわなきゃならない」

「しつこいようだが、気をつけてくれよ。相手は、しょせんやくざ者だ。一度、話がこじれたら、だまし討ちでもなんでも仕掛けてくる奴らだ」

心配する南天堂に、

「心配無用だといいきりたいが、それほどの確信はない。決して気を許すことなく、〈常に戦場に在り〉とのことばを肝に銘じて、ひとつひとつ片付けていくしかない」

厳しい面持ちで半九郎が応えた。

## 六

火焔一家に半九郎が顔を出すと、土間には、たすきを掛けた子分たちがどこかに殴り込みでもかけるつもりか、長脇差を帯にさし、竹槍を手にしたりして殺気立っていた。

気づいて近寄ってきた、喧嘩支度の余佐次に半九郎が訊いた。

「いったいどうしたんだ」

「豚松と八次が殺されたことで、親分が怒り出し、河合の屋敷に殴り込む。豚松と八次の弔《とむら》い合戦だ。喧嘩支度をしろ、といいだして、この始末でさ」

「それは、まずい。旗本屋敷に殴り込んだら、町奉行所が乗り出してきて、みんな捕まってしまうぞ」

「あっしも、そうおもっているんですが、親分、怒ったら、なかなか鎮《しず》まらなくて。代貸の三五郎兄貴も頭を抱えているような始末でして」

立ち話をしている半九郎と余佐次を目に止めたのか、三五郎が歩み寄ってきた。

「先生、何とか親分を止めてもらえませんか。先生は親分の大のお気に入りだ。先生のいうことならきくかもしれねえ」

困り果てた様子の三五郎に、半九郎が応えた。

「どうなるかわからぬが、話してみよう」

ぽん、と拳で掌を打って、三五郎がいった。

「ありがてえ。親分を呼んできます」

そのとき、大造の声がかかった。

「呼びにこなくても、おれはここにいるぜ」

土間にいる半九郎を見て、板敷の上がり端に仁王立ちした大造が声をかけた。

「いいところへもどってきてくれた、秋月さん。これから河合の屋敷に殴り込む。用心棒になってくれとはいわねえが、せめて死に水ぐらい、とってくれねえか」

「死に水をとることは引き受けるが、親分、端から死ぬ気でいたら、豚松と八次の弔い合戦にはならないんじゃないのか」

「何だって」

「それだけじゃない。親分は、女たちに何かあったら、多額の金を払ってくれた買い手たちに申し訳ないといったはずだ。河合の屋敷に殴り込んでも河合を討ち果たせるとはかぎらない。逆に町奉行所の捕方《とりかた》たちが繰り出してきて、火焰一家のみんなが捕まったらどうなる。女たちを守りたくとも、守る者たちがいなくなれば守れなくなるのだぞ。それじゃ親分の男が立たなくなるんじゃないのか」

　大造が苦虫を嚙み潰したような顔をした。

「たしかに、そのとおりだ。だが、可愛い子分をふたりも殺されたんだ。おれは河合の野郎に、女たちに手を出したら、敵にまわるといった。河合なんかに舐められてたまるか。これから殴り込んでやるんだ」

　いきまいた大造に、穏やかな口調で半九郎が告げた。

「留め立てはせぬ。が、これだけは忘れないでくれ。親分が死んだら、だれが女たちを守るのだ」

「痛いところをつきやがって。何もしないで、我慢しろというのか。くそったれめ。このままじゃ腹の虫がおさまらねえ」

「何もするな、とはいっていない」

苛立ったのか、大造が怒鳴った。

「はっきりいってくれ。自慢じゃねえが、おれは利口じゃねえ。遠回しないい方は嫌いだ」

「策を押しつけるみたいで遠慮したが、ずばりいわせてもらう」

「どうしろというんだ」

「河合の屋敷を取り囲むぐらいはいいだろう。ただし、町奉行所の役人から咎められたら、さっさと引き上げてくることだ。取り囲むだけで、河合にたいする脅しにはなる。近所にたいする河合の面目は丸潰れになるはずだ」

目を輝かせて大造が身を乗り出した。

「おもしれえ。どのみち、豚松と八次の弔いは棺桶ができてからだ。みんな、これから河合の屋敷に押しかけようぜ」

呼びかけた大造に、

「やりますぜ」

「弔い合戦だ」

子分たちが口々に声を上げた。

「うまくいきましたね」

「ありがとうございやす」

相次いでいった余佐次と三五郎が、まわりに目を走らせ、目立たぬように頭を下げた。

子分たちが静まったのを見届けて、半九郎が大造に声をかけた。

「おれは河合の屋敷の近くに身を潜めて、親分たちを見守ろう。何かのときは、加勢をする」

「そうしてもらえるとありがてえ」

満足げに大造が満面を笑み崩した。

## 七

河合の屋敷の接客の間で、上座にある河合郡兵衛と室岡《むろおか》道場の主・室岡惣十郎《そうじゅうろう》が話し合っていた。河合の斜め脇に小川が控えている。

かぎ鼻と、吊り上がった鋭い一重瞼《ひとえまぶた》の目が、頬骨の出た長い顔の室岡の印象を、獰猛《どうもう》なものにつくり上げていた。

室岡道場は〈無外《むがい》流　室岡道場〉との看板を掲げているが、弟子はとらず、その実体は、殺しや用心棒などの荒事を引き受ける、無頼浪人たちの口入れ屋であった。

その場には、険悪な空気が流れている。

前触れもなく乗り込んできた室岡が、

「昨夜、六人も斬られた。仕事を頼んだときに、河合様は、女たちを警固するのはやくざ者だ、としかいわなかった。が、相手には屈強の浪人がいる。話が違う。あの浪人が相手では、仕事賃百五十両では安すぎる。あと百五十両、上乗せしてもらわないと割に合わない」

といい出したのが、睨み合うきっかけになった。

「上乗せしてくれないのなら、手を引く」

といいだした室岡に、

「しくじったくせに、仕事賃の上乗せなど、とても応じられぬ」

と河合がいい返した。

それきり、ふたりとも黙り込んで、小半刻（三十分）ほど過ぎ去っている。

わざとらしく咳払いして、室岡が口を開いた。

「これ以上話し合っても埒《らち》が明きませぬな。引き上げさせてもらいます」

座を立とうとした室岡に、河合が焦った。

「待て。出さぬとはいっておらぬ」

　座り直して室岡がいった。

「仕事にかかる前に半金をいただくと、前もっていっております。あと七十五両いただきましょう」

　うむ、と唸って、河合が小川にいった。

「七十五両、用意してまいれ」

「承知しました」

　ちらり、と室岡に目を走らせて、小川が立ち上がった。

　袱紗《ふくさ》の上に切餅《きりもち》が三つ、置かれている。

　切餅を手にとった室岡が、懐に押し込んだ。

「七十五両、たしかに受け取りました。仕事をつづけましょう」

　腹立ちを押さえながら河合が告げた。

「望みどおり金は払った。すみやかに仕遂げてくれ」

「承知しました」

　顎を引いた室岡が、独り言のようにつぶやいた。

「何か起きましたかな。廊下を走ってくる者がいる」

襖の向こうで足音が止まり、廊下側から声がかかった。

「殿、大変なことが」

「坂本か。どうした」

襖を開けて、廊下に膝をついたまま坂本が声を高めた。

「火焔一家のやくざたちが屋敷を取り囲んでおります」

「何。物見詰所に行く。室岡も同道してくれ」

あわてて河合が立ち上がった。

物見詰所の物見窓を細めにあけて、河合と室岡が外を眺めている。

目を細めて、室岡が口を開いた。

「一角しか見えないが、囲まれているようだ。屋敷の中間でも月番の南町奉行所へ走らせれば、町方役人がやってきて始末をつけてくれるだろう」

不満げに河合が問うた。

「追っ払ってはくれぬのか」

無表情で室岡が応じた。

「追っ払い賃として、五十両でもいただきますか」

「また金の話か」

渋い顔をした河合が、小川に告げた。

「小者か中間の誰かを、辻番所へ走らせろ」

「表門から定平、裏門からひとり、いかせます」

小川が応じた。


表門から出てきた定平の行手を、横並びになって道を塞いだ火焔一家の子分たちが遮る。

通り抜けようとした定平と子分たちが揉み合った。

押し返された定平が、よろけて片膝を突く。

顔を上げた定平の眼前に竹槍が突きつけられた。

竹槍から逃れようとして、定平が後退る。

子分たちは道を塞いだまま、その場を動かない。

物見詰所で、肩を落とした定平と小者が立っている。

その前に立った小川が、詰所の畳敷きの上がり端に腰をかけた河合に話しかけている。

「ふたりとも行く手を阻まれ、身動きできなかったそうです。表も裏も火焔一家の子分たちが見張っていて、どこへ行くこともできません」

畳敷きの一隅の上がり端に腰をかけている室岡が、口をはさんだ。

「このまま、やくざたちのやりたいようにやらせておけばよいのです。時がたてば、屋敷を囲んでいるやくざたちに気づいた近くの屋敷のどなたかが、辻番所に知らせてくれるでしょう」

憮然《ぶぜん》として、河合がいい放った。

「それでは近所に恥をさらすことになる」

揶揄《やゆ》する口調で室岡がいった。

「金は出したくない。恥はかきたくない。強引に突破できそうな家来もいない。このまま成り行きにまかせるしかありませぬな」

わきから小川が声を高めた。

「室岡殿、口が過ぎますぞ」

「口は災いのもと。騒ぎが鎮まるまで、口を閉ざすことにしますかな」

そういって、室岡が上下の唇を指でつまんだ。

二刻（四時間）ほど、火焔一家の包囲はつづいた。室岡がいったとおり、どこかの屋敷の住人が知らせたのか、辻番所の番人がふたりやってきて、大造と何やら話している。

話がついたのか、番人たちが見つめるなか、火焔一家が引き上げていった。

細めに開けた物見窓から、遠ざかる火焔一家を見届けた小川が、河合と室岡が待つ接客の間へ向かうべく、物見詰所を出た。

接客の間にやってきた小川の報告を聞いた河合が、安堵したように溜息をついた。

「やっと引き上げたか」

独り言ちて、室岡を見やった。

「今夜は、女のひとりぐらいは始末してくれるな」

「女たちを襲うより、秋月という浪人を始末するほうが先でしょう」

襖の近くに控える小川に向き直って、室岡が問いかけた。

「秋月の住まいはわかりますか」

「秋月の住まいはわからぬが、ともに動いている辰造なる岡っ引きの家ならわかる」

「岡っ引きを相手にするとなると、後々面倒だ。小川殿に秋月の住まいを突き止めてもらうか、それともこちらで突き止めるか。どちらにされるかな」

「そういわれても、当方には秋月の住まいがどこかを探る手立てはない。どうしたものか」

縋《すが》るように、小川が河合に視線を走らせる。

その視線を受けて、河合が告げた。

「室岡のほうで突き止めてくれぬか」

「ただ働きは御免です。秋月の住まいの突き止め賃は十両。前金の五両をいただければ、すぐ動きだしますが、どうされます」

「突き止め賃、払おう」

顔を背け、苛立たしげに河合が吐き捨てた。

# 第七章　蛙の面《つら》に水

## 一

河合の屋敷を囲んでいた火焔一家と途中で合流して、一緒に引き上げた半九郎は大造に、

「今夜は浪人たちが襲ってくることはないだろう。だが、油断は禁物。妾宅の見張りと岡場所の見廻りはつづけてくれ」

といいおいて、一家を後にした。

その足で半九郎が向かったのは、辰造の住まいだった。

住まいの近くにやってきた半九郎は、ふたりの浪人が張り込んでいるのに気づい

た。

(おそらく辰造も張り込まれていることに気づいているはず。辰造のことだ。たぶん怖じ気づいているに違いない)

そうおもいながら、半九郎は辰造の住まいに入っていった。

張り込んでいる浪人たちの気配を、半九郎はひしひしと感じている。

先夜つけられたときと、違っていることがあった。

凄まじい殺気が、半九郎に浴びせられている。

妾宅を襲った浪人たちを斬り殺している。おれを始末しようと考えても不思議はない。半九郎は、そう判じていた。


いつも手下たちと会合を持っている部屋に、辰造はいた。

部屋に入ってきた半九郎が座るのを待ちきれずに、辰造が声をかけてきた。

「見張られているんだ。尾行をまいた後、しばらくは何もなかったんだが、夕方やってきた手下のひとりが、浪人がここを見張っているといってきたんで、おれも裏口から出て、様子をうかがった。手下の勘違いじゃなくて、たしかに見張られていた」

「おれも気づいた。浪人がふたり張り込んでいる。しかし、不思議だな。河合の屋敷からつけられたときもそうだったが、裏口にも見張りがついているはずなんだ。親分は、裏口から出たときには気づかなかったのか」

首を傾げて、辰造がつぶやいた。

「気づかなかったな。表を見張っている連中をしばらく見張った後、裏口からもどったんだが、何も感じなかった」

「そうか。おれが引き上げるときに、裏口から出てみよう」

「そうしてくれ。裏口も見張られているかどうか、明日にでも教えてくれ」

「わかった」

「ところで、相談したいことがあるんだ」

神妙な様子で辰造が切り出した。

「どんな話だ」

渋面をつくって、辰造がいった。

「前にもいったことがあるが、命あっての物種だ。半さんが持ち込んでくれた話なんで申し訳ない気もするが、河合さまの一件から手をひかせてもらいたいんだ。悪いな」

うむ、とうなずいて半九郎が応じた。

「仕方ない。そうするか」

あっさり了承した半九郎に、逆に不安を感じたのか、覗き込むように顔を寄せて辰造がいった。

「ほんとにいいのか」

「いいんだ。もともと、おれがひとりでやらなければいけないことだったんだ。親分を巻き込んで悪いとおもっている」

「そういわれると、なんか追っぱらわれた気がしないでもないが、ま、いいか。金高は少ないが、ただ働きじゃなかったし、よしとするか」

「力を貸してほしいことができたら、よろしく頼む」

「気楽に頼みにきてくれ」

「そうさせてもらう。それじゃ、今日のところはこれで引き上げる」

脇に置いた大刀に、半九郎が手をのばした。

裏口の戸を開けて、一歩外へ出た半九郎は、浴びせられた、凄まじいまでの殺気を感じ取った。

瞬間……。

（奴らの狙いはおれか。おれを亡き者にすれば、残るのは火焔一家の子分たちだ。子分たちは手強い相手ではない。すぐ女たちの始末をつけられる。そう考えたのだろう。まずは、おれの住まいを突き止めるつもりだろうが、そうはさせぬ。身に降る火の粉《こ》は払うだけだ）

不敵な笑みを浮かべた半九郎が、気配に気づかぬふりをして悠然と歩き出した。


半刻（一時間）ほど、半九郎はあちこち歩き回った。

相変わらず浪人たちは、殺気を発しながらつけてくる。

裏口から出た半九郎は、わざわざ辰造の住まいの表を見張る浪人たちの前を通ってきた。

（おれを狙っているのなら、必ずつけてくる）

そう判じた上で為した動きであった。

裏手にふたり、表にふたり、合わせて四人の浪人が半九郎をつけてきている。

半九郎の住まいを突き止めるつもりでいるのは明らかだった。

住まいを知られることは避けたかった。蛇骨長屋の住まいを突き止めれば、河合が雇ったとおもわれる浪人たちは、必ず襲ってくる。長屋に住む住人たちが巻き添えになる恐れがあった。

そんなことにならないように早めに手を打つ。半九郎はそう決めていた。

浪人たちは執拗につけてくる。諦《あきら》める気配はなかった。

(このまま歩き回っても仕方がない。おれから仕掛けるか)

半九郎は新堀沿いの道に出た。

寝静まっているのか、町家の明かりは消えている。

新堀を背に半九郎は足を止めた。

町家の陰を見据えて、半九郎が大刀を抜いた。

声をかける。

「出てこい。ここで勝負をつけよう。こなければ、こちらから行く」

町家の陰から、浪人が四人、姿を現した。すでに抜き身を手にしている。なかに先夜、半九郎をつけてきた頬に刀傷のある浪人もいた。

たがいに無言だった。

半円状に半九郎を囲んだ浪人たちが、少しずつ間合いを詰めてくる。

切っ先が相手に届く間合いに達したとき、右下段に構えていた半九郎が右手に跳んだ。

右手にいた浪人が後退る。

その脇を半九郎は駆け抜けていた。

追おうとした右手にいた浪人を、半九郎が振り向きざまに下段から斬り上げていた。虚空をつかんで浪人が倒れる。

斬り込んできた浪人を半九郎が袈裟懸けに斬り捨てた。前のめりに浪人が崩れ落ちる。

再び、川面を背にして右下段に構えた半九郎に、刀傷の浪人ともうひとりが左右から迫った。

上段に構えたふたりが、斬りかかる。

深く身を沈めた半九郎が右から左へと、半円を描くように大刀を振り回した。

右手にいた浪人が、両足の膝から下を断ち斬られ転倒する。

刀傷が、懸命に後ろへ跳んだ。

体勢をととのえながら、刀傷が袈裟懸けに半九郎に斬りかかる。一歩脇へずれた半九郎が、下段から刀を振り上げた。

刀傷の脇腹から腋へ向かって、半九郎の刃が斬り裂いていた。

大刀を取り落とした刀傷が数歩よろけて、新堀へ向かって転げ落ちていく。

水面を血の色に染めて、刀傷が沈んでいった。

地に伏した三人の浪人に目を走らせた半九郎が、打ち振って血を払った大刀を、鍔音《つばおと》高く鞘に納めた。

二

翌朝、お仲と南天堂がやってきた。

座敷で、三角を形作るように座るなり、南天堂が軽口をたたいた。

「半さん、茶はいらないよ。催促したって出てこないのはわかっている。親切心で、あらかじめいっておくよ」

お仲が口をはさんだ。

「南天堂さん、今日は忙しいんだから、つまらない無駄口は閑《ひま》なときだけにしておくれよ」

「つまらないはないだろう。軽口を叩くのは、おれの楽しみなんだから」

一文句いいたげな南天堂にはかまわず、お仲が半九郎に告げた。

「お駒姐さんが、男芸者衆を動かしてくれて、今日の昼四つから、お駒さんの住まいに置屋に売られた九人が集まる段取りをつけてくれたんだよ」

「九人といえば、置屋に売られた女たちみんなが、お駒姐さんのところにくるということだ。お夕は、置屋に売られている。お夕もくるということか」

「昼飯をはさんで二刻近く、南天堂さんに占ってもらったり、いまの悩み事をお駒姐さんをまじえて話し合うことになっている。半さんは、隣りの部屋で盗み聞きでもするかい」

笑みを浮かべて、半九郎がいった。

「ぜひ盗み聞きさせてくれ。それにしても、こんなに早く女たちを集められたなんて、驚いたよ」

「みんな、お駒姐さんのおかげさ。あたしはお駒姐さんからその話を聞かされた後、走り回って今日の仕事を断ったんだ」

話に南天堂が割って入った。

「おれも、今日は休みだ。女たちの話をできるだけ聞いてやるつもりだ」

「気の毒な女たちだ。ふたりとも女たちとじっくり話して、本音のところを探ってくれ」

「まかしときな」

「できるだけの事はやってみる」

相次いで南天堂とお仲が応えた。


お駒の住まいの一室で、隣の部屋との仕切りの襖のそばに座った半九郎が、聞き耳をたてている。

やってきた女たちは八人だった。きていないのは、お夕だった。

正直いって、半九郎は女たちのことばに驚かされていた。

「年季が明けたら、どうするんだい」

お駒に、そう話をふられた女たちは異口同音に、

「親には会いたいとおもうけど、故郷には帰りたくない。このまま江戸にいて、生きる道をみつけたい」

と応えたのだった。

「どれ、南天堂さまが、みんなの運命を占ってしんぜよう」

威厳に満ちた声で告げ、南天堂が筮竹《ぜいちく》など占いの道具を、畳の上に広げてある袱《ふく》

紗《さ》にならべ始めた。

　女のひとりがつぶやいた。

「お夕さん、遅いね。みんなと会うのを楽しみにしていたのに、どうしたんだろう」

　聞き咎めて、別の女がいった。

「昨夜、呼ばれた座敷から客と一緒にいなくなった芸者がいたね。大騒ぎになっていたけど、まさか、その芸者、お夕さんじゃないよね」

　他の女が声を上げた。

「足抜きだって、騒いでたけど。朝方には静かになっていた」

　別の女が割って入った。

「捕まったんじゃないの、足抜きした芸者と客が」

　いいだした女が、不安げにつぶやいた。

「お夕さんの売られた置屋には、同じ故郷の者はいなかったね。話し相手がいなくて寂しいって、売られたばかりの頃、お夕さん、あたしと顔を合わせるたびに泣いていた」

　お駒とお仲、南天堂が不安げに顔を見合わせる。

女たちのひとりが、声を高めた。

「その芸者、お夕さんかもしれない。昨日、座敷に出るときにお夕さんと出会ったけど、久しぶりにみんなと話ができる。必ずいくって、すごく楽しみにしていたもの。遅れるなんて、考えられない」

女たちが黙って顔を見合わせた。

そのとき……。

突然、隣りの部屋の襖《ふすま》が荒々しく開けられ、表へ向かって小走りに出て行く足音がした。

最後まで会合の様子を聞くといっていた半九郎が、急に出て行った。女たちの話から、半九郎が、何か異変を感じ取ったに違いない。そう推測したお仲と南天堂は、おもわず顔を見合わせていた。

そんなふたりに、お駒もまた、不吉な予感を覚えていた。

黙ったまま、女たちは口を開こうとしない。

その場に、重苦しい空気が流れていた。

## 三

血相を変えて火焔一家に走り込んできた半九郎が、土間から呼びかけた。

「親分いるか。秋月だ」

奥から余佐次が飛び出してきた。

「先生、どうしました」

「大変なことが起きた。親分はどこだ」

「こちらへ」

案内するつもりか、余佐次が先に立つ。

草履《ぞうり》を脱ぎ捨て、半九郎が板敷に飛び乗った。

「お夕が客と一緒に足抜きをしたらしい。しくじって置屋に捕らえられたようだ。金を貸してくれ。お夕と男を金を払って引き取りたい。剣の指南代で払う」

部屋に入ってくるなり、声をかけてきた半九郎を見上げて、座ったまま大造が話しかけた。

「いくらかかるかわからないが、金は貸しましょう。女たちの用心棒代で帳消しだ。くわしい話をききやしょう。座ってくださいな」

向き合って座った半九郎が、大造にいった。

「すまぬ。足抜きした女を、どうしたら助けられるか。何せ初めてのことなので、さっぱりわからぬ。金がいるということだけはわかっているが、つねに手元不如意の貧乏浪人。どうしてもお夕をたすけたいとの一心だけが先走って、正直いって、焦った」

にやり、として大造が応じた。

「足抜きの始末については、おれのほうが慣れている。金だけでは、すんなりと話がつかないのが裏の渡世の取引だ。秋月さんには、旦那方におれの顔を立ててもらった恩義がある。おれが、秋月さんと一緒に置屋に行って、話をつけましょう」

「そうしてくれるか」

「もちろんでさ」

脇に控えている余佐次に、大造が声をかけた。

「余佐次、お夕の証文を木箱から取ってこい。証文を持って、一緒にくるんだ」

「わかりやした」

身軽な動きで余佐次が席を立った。

置屋の折檻部屋の柱をはさんで、背中を向け合うようにお夕と男が縛りつけられている。

その傍《かたわ》らに、半九郎と大造、余佐次が、対峙して置屋の主人の鴈三郎《がんざぶろう》や数人の男衆が立っている。鴈三郎は、いかにも狡《ずる》そうな、くぼんだ大きな目がよく動く、中肉中背の、四十半ばの男だった。

渋い顔で、鴈三郎が不満げにいった。

「突然、乗り込んできて、いきなり昨夜足抜きしたお夕と相方の男を、おれの顔に免じて見逃してくれといわれても、わたしらには、わたしらの筋がありますんで」

ふっ、と厭味《いやみ》な笑いを浮かべて、大造がいった。

「鴈三郎、いい度胸だ。置屋の筋を通したければ通せばいい。おれも火焰の大造だ。てめえにも渡世の筋があるように、火焰一家にも、火焰一家なりの筋の通し方があるんだ。おもしれえ。火焰一家が、噂どおりの暴れ者ぞろいだってことを、たっぷり教えてやってもいいんだぜ」

凄みをきかせて睨みつけた大造から、怯《おび》えたように目をそらして鴈三郎がいいよどんだ。

「わたしは、そんな気でいってるんじゃありません。わたしはわたしなりに」

突然、大造が怒鳴りあげた。

「四の五のいうんじゃねえ。お夕の借金の残りと男の引き取り賃、その上に足抜きしたお夕たちを追いかけた男たちの手間賃を払うといってるんだ。それとも血の雨が降るのを見たいのかい。それなら、それでもかまわねえぜ」

ぐい、と大造が雁三郎に顔を寄せた。

引きつった顔つきで雁三郎がのけ反って、よろけた。

「どうする。早く返答しろ」

声を荒らげた大造に、身をすくめて雁三郎が応えた。

「お夕の借金の残りと男たちの手間賃だけで結構です。合わせて四十両になります」

懐から銭入れを取り出した大造が、開いた銭入れを雁三郎の眼前に突き出した。

「見ろ。銭入れには十分お宝が入っている。雁三郎、〈今後一切、お夕には手を出しません　雁三郎〉と記した誓文やお夕の証文と引き換えに四十両を渡してやる。それでいいな」

「親分の仰有《おっしゃ》るとおりにいたします」

「他にいうことはねえのか」

怪訝《けげん》そうな顔をして、鴈三郎が訊いた。

「他に何か」

「何をとぼけたことをいってやがるんだ。取引は終わった。お夕と男の縄を解いてやらねえか」

「わかりました」

男たちを振り向いて、鴈三郎が腹立たしげに声をかけた。

「縄を解いてやれ」

「へい」

うなずいて男衆が、いそいそとお夕と男の縄をほどき始めた。

そんな男衆を見やった半九郎が、大造に視線を移した。

(なるほど、これが裏の取引の始末のつけ方か。おれには、できぬことだ)

半九郎は胸中でそうつぶやいていた。

火焔一家の一間で、半九郎と大造、余佐次と向き合ってお夕と男が座っている。

男は二十代後半の、目鼻立ちがととのった優男《やさおとこ》だった。

部屋に入るなり、大造が男に訊いた。

「名と稼業を教えてもらおうか」

「友吉《ともきち》といいます。錺職《かざりしょく》で。独り立ちして二年になります」

「そうかい。友吉さん、なぜお夕と足抜きなんかしたんだ。捕まったら、殺されるかもしれなかったんだぜ」

脇からお夕が声を上げた。

「所帯を持つ約束をしたんです。けど友吉さんの稼ぎだと、あたしを身請けすることなんか、とても無理で。それでふたりで話しあって、足抜きしたんです」

突然、友吉が叫ぶようにいった。

「おれは、おれはお夕が他の男に抱かれているとおもうと我慢できなかったんだ。それで、昨夜、渋るお夕に、本気で一緒になる気があるのなら、ふたり死ぬ気で足抜きしようと、強引に連れ出したんだ」

じっとお夕を見つめて半九郎が問うた。

「あらためて訊く。本気で友吉と所帯を持ちたいのだな」

「本気です。命がけで惚れているんです」

「おれも命がけさ。いま一緒になることができる手立ては、足抜きしかなかったんだ」

笑みをたたえて、半九郎が告げた。

「そうか。なら一緒になるんだな」

わきから大造がことばを添えた。

「そうしな」

身を乗り出して余佐次もつづいた。

「おれも、そうおもうぜ。お似合いだよ、おふたりさん」

目を輝かせた友吉とお夕が、

「ほんとですか」

「嬉しい」

ほとんど同時に声を発して手を取り合った。

次の瞬間、はっ、とおもいあたってお夕が半九郎を振り向いた。

「なぜ、なぜあたしに、こんなに親切にしてくれるんですか。見ず知らずの秋月さまが」

微笑んで半九郎が告げた。

「茂作さんから頼まれたのだ」

驚愕がお夕を襲った。

「お父っつぁんが、お父っつぁんが江戸にきているんですか」

「きていたのだ。いまは本納に帰って、おれからの呼び出しを待っている」

「お父っつぁんが秋月さまに、あたしのこと、頼んだ」

堰《せき》を切ったかのように溢れ出た涙をおさえようと、お夕が袂《たもと》で顔をおおった。

そんなお夕を見つめた半九郎が、大造に顔を向けた。

「親分、面倒をかけた。恩に着る」

にやり、として大造が軽口を叩いた。

「おおいに恩に着ておくんなせえよ。まだ守ってもらわなきゃいけねえ女たちが仰山残っている。たっぷり働いてもらいますぜ」

「承知した。ところで、親分。お夕と友吉を、おれのところに連れていく。友吉の住まいに行かせるより、おれのところに居候《いそうろう》させたほうがいいだろう」

「そうしたほうがいい。鳫三郎に誓文は書かせたが、奴らの腹の虫のおさまり具合が読めねえ。ほとぼりが冷めるまで、目につきやすいところにいねえほうがいいだろうよ」

口をはさんでお夕が声を上げた。

「そうします。秋月さん、居候させてください」

「お願いします」

畳に額を擦《こす》り付けんばかりにしてお夕と友吉が頭を下げた。

「引き受けた。心配するな」

ふたりに声をかけた半九郎が、大造に顔を向けた。

「親分、ふたりをおれの住まいに連れていく。用がすんだら、ここにもどってくる。そうさせてくれ」

「秋月さんの好きにしなせえ。待ってますぜ」

呵々《かか》と、大造が笑った。

## 四

お夕と友吉を連れて蛇骨長屋の住まいに帰った半九郎を、お仲と南天堂、末吉の他に、おもいがけない人が待っていた。

住まいに入った半九郎につづいて足を踏み入れたお夕が、愕然と立ち尽くした。

「お父っつぁん」

「お父っつぁんだって」

後ろから友吉が顔を覗かせる。

「お夕」

立ち上がった茂作と、半九郎の脇をすり抜けたお夕が小走りに近寄って、手を握り合った。

じっと見つめ合う。

ややあって、お夕が口を開いた。

「お父っつぁん、あたし、所帯を持つの」

「所帯を？　誰と」

指で友吉をさして、お夕が告げた。

「友吉さん、錺職なんだよ」

無言で友吉が頭を下げる。

ぎこちなく茂作が頭を下げた。

頃合いを見計らっていた半九郎が、声をかけた。

「まずは座敷へ上がろう。話はそれからだ」

座敷で半九郎とお仲、南天堂と向かい合うように茂作、お夕、友吉、末吉が座っている。

最初に茂作が話し出した。

「本納に帰って御主人に『娘たちの行方がわからない。ひょんなことから知り合った秋月さまというご浪人に、娘たちのことを頼んで帰ってきました』というと、御主人が『名主という立場上、ほうっておけないことだ。すぐ江戸にもどって、秋月さんの調べを手伝え』といいだされて、やってきたんです」

目をお夕に向けて、茂作がことばを重ねた。

「南天堂さんから、お夕が芸者に売られた。どうやら足抜きをしたらしいと聞いた。何が何だか分からなかったが、お仲さんと南天堂さんが事の経緯を話してくれた。苦労したな」

「お父っつぁんと会えてよかった。友吉さんと、晴れて夫婦になることができる。喜んで頂戴」

わきから友吉が声を上げた。

「秋月さんにたすけてもらったおかげで、お夕さんと所帯をもつことができます。

お父っつぁんと呼ばせてください」

顔をほころばせて、茂作が友吉の手をとった。

「お父っつぁんと呼んでおくれ。お夕をよろしく頼みます」

「お父っつぁん」

呼びかけられた茂作が涙を溢れさせた。お夕も涙ぐんでいる。

もらい泣きしたのかお仲が、目頭を押さえた。

手の甲で涙をぬぐって、末吉が声をかけた。

「お夕ちゃん、よかったな」

「ありがとう、末吉さん」

微笑んで見つめていた茂作たちから南天堂に目を移して、半九郎が話しかけた。

「今夜は泊めてくれ。茂作さんやお夕たちに住まいを明け渡さなきゃいけない」

顔を茂作に向けて、半九郎がことばを重ねた。

「茂作さん、お夕たちと積もる話もあるだろう。夜具はおれの分しかないが、案配して使ってくれ」

「そうさせていただきます。お世話をかけます」

深々と茂作が頭を下げた。お夕と友吉が茂作にならう。

肘で半九郎をつついて、南天堂がいった。

「半さん、何だよ。おれにも都合があるんだぜ。返事も聞かないで勝手に決めるなよ」

「駄目なのか」

「駄目とはいっていない。半さんがいうとおりにしてもいいけどさ、親しい仲にも礼儀あり、というだろう」

「わかった。これからは返事を聞いてから話をすすめる」

「ま、そういうことだ。おたがい際限なく無駄口を叩かない、ということで遠慮なく泊まりつづけてくれ」

我慢しきれなくなったのか、噴き出してお仲がいった。

「無駄口を叩かない、というのは、南天堂さん、自分にいっているのかい。半さんが際限なくお喋りするとは、とてもおもえないけど」

渋い顔をして、南天堂が口を尖らせた。

「お仲さん、えこ贔屓《ひいき》はいけないよ」

一文句いいたげな口ぶりとは裏腹に、南天堂の目が笑っている。

ふたりの話が一段落したのを見届けて、あらたまった口調で半九郎が告げた。

「茂作さん、いい話ばかりじゃないんだ」

「といいますと」

「お三が死んだ」

驚いて茂作が呻いた。

「お三ちゃんが、死んだ」

愕然として、お夕と友吉、末吉が顔を見合わせた。

立ち上がった半九郎が、座敷の一隅に置いてある風呂敷包みを取りに行き、茂作の前に置いた。

風呂敷包みを開いた茂作が、なかに入っていた粗末な木綿の着物と守り袋を凝然と見つめた。お夕たちも目を注いでいる。

「お三は、客をとらない、と売られた見世の主に抗ったために折檻され、そのとき受けた傷がもとで寝込んで、死んだ。そう聞いている」

顔を上げて、茂作が半九郎に訊いた。

「他の娘たちは、どこでどうしているんです。まだわかりませんか」

「茂作さん、誰がどこにいるかは突き止めたんだ。芸者の置屋に売られたのがお夕を含めて九人。大店《おおだな》の主人の妾として買われたのが三人。後の十八人は茶屋とは名ばかりの遊女屋に売られている。故郷で待っている親ごさんたちに、娘たちの居場所を教えていいかどうか、どうすればいいか、おれは迷っている」

一瞬、呆けたように空に視線を泳がせた茂作が、譫言《うわごと》のようにつぶやいた。

「知行主さまの屋敷に奉公するんだとばかりおもっていました。それが、こんなことに、なぜ、こんなことが」

「どうする、茂作さん」

促した半九郎に、頭を振って茂作が呻いた。

「ほんとのことを教えたら、親たちはどうおもうか。わからない。私にはわかりません」

割って入るように、お仲が声を上げた。

「実は今日、芸者の置屋に売られた娘たちに集まってもらつて、故郷に帰りたいかどうか訊いてみたんだよ。茂作さんには耳の痛い話だけど、みんな口を揃えて『親には会いたいとおもうけど、帰りたくない。何とかして江戸で、自分ひとりを頼りに生きていく。故郷に帰っても、いまの稼業をやっていたことがばれると、後ろ指をさされるに決まっている』というんだ」

悲しげな顔してうつむいた茂作が、独り言ちた。

「そうかもしれない」

目をしばたたかせる。

重苦しい沈黙が流れた。

ややあって……。

口を開いたのは半九郎だった。

「南天堂、お仲、おれたちは引き上げるか」

立ち上がった半九郎に、南天堂とお仲がならった。

「それじゃ私も」

ちらり、と茂作たちに目を走らせた末吉が、申し訳なさそうに会釈して腰を上げた。

## 五

住まいを出た半九郎は、南天堂とお仲に、

「お夕の足抜き騒ぎを落着するにあたって、火焔の親分に世話になった。残る女たち二十八人もたすけなければいけない。当分の間、火焔一家とともに動くことになる。これから火焔一家にもどる」

「お夕ひとりをたすけるために、半さん、火焔一家に借りをつくったようだな。火焔一家の評判はよくない。とりこまれないように気をつけてくれよ」

眉をひそめて南天堂がいい、

「あたしゃ、心配だよ。女たちは、もうもとにはもどれないんだ。できるだけ早く火焔一家がらみのことから、手を引いておくれ」

心底心配した様子でお仲がいった。

「火焔の親分はじめ子分たちは、いまのところおれには悪さを仕掛けてくる気配はない。おぎゃあ、と産声《うぶごえ》を上げたときからやくざだった者はいない。一家のなかには、人並みのこころを持った奴も何人かいる。心配は無用だ」

笑みを向けた半九郎は、南天堂とお仲に背中を向けた。

火焔一家にもどってきた半九郎と顔を合わせるなり、大造がいった。

「女たちを売った岡場所を浪人たちがうろついている。様子を見にいかせた余佐次が知らせてきた。余佐次がいっていたが、うろついている浪人たちのなかに、顔見知りの室岡道場に出入りしている浪人がいたそうだ」

「室岡道場というと、用心棒や時においては殺しも引き受けるという噂のある、荒事を何でも引き受ける無頼《ぶらい》浪人たちの口入れ屋、無外流の、あの室岡道場か」

「そうだ。河合の野郎、よりによって室岡道場に女たちの始末を頼みやがった。道理で、秋月さんが、河合が送り込んできた殺し人たちを片っ端から斬り捨てても、次々と殺し人たちを送りこめたわけだ。頼み主がこの世からいなくならないかぎり、室岡道場は次々と殺し人たちを差し向けてくるだろう。いまの世の中、銭のためなら何でもやる、食い詰め浪人がうじゃうじゃいる。殺し合いが際限なくつづきそうだな」

「そうかもしれぬな」

応じた半九郎のなかで、大造が発した、

「頼み主がこの世からいなくならないかぎり、室岡道場は次々と殺し人たちを差し向けてくるだろうな」

との一言が、鋭くこころに突き刺さっていた。

(屋敷からあまり外へ出ることのない河合を、どうすれば処断できるか)

いまのところ、河合を屋敷の外へおびき出すための策はおもいつかなかった。

話しかけてきた大造の声が、半九郎を現実にひきもどした。

「妾宅のほうでは、浪人は見かけないようだ。差し向けた浪人たちがすべて斬られたのだ。怖じ気づいたのだろうよ。秋月さんのおかげだ」

うなずいた半九郎が、大造に顔を向けて話しかけた。

「お夕たちを蛇骨長屋に置いてきた。心配して、茂作さんが、また江戸にきて、おれの住まいで待っていた。お夕と茂作さんは、久しぶりの親子対面だ。ふたりとも泣いていたよ」

「そいつはよかった」

「お夕のことでは世話になった。あらためて礼をいう」

頭を下げた半九郎に大造が恐縮した。

「頭を下げるなんて、そんなこと、止めてくだせえ。もとをただせば、おれがまいた種だ。それより、大店の旦那方にたいして、おれの顔が立った。いざというときに腕利きの用心棒をすぐ手配できる。さすがに火焔一家だ、と褒《ほ》められたよ。おれは、他人からてめえの顔を立ててもらったのは初めてなんだ。何でも、てめえ一人で背負ってきた。頼りになる仲間ができた気がして嬉しかったよ。こっちこそ、ほんとに世話になった」

頭を下げた大造に、半九郎が声をかけた。

「親分こそ、そんな真似はしないでくれ。子分たちに見られたら、しめしがつかない」

顔を上げて、大造が微笑んだ。

「いまは、おれと秋月さん、ふたりきりだ。気遣いは無用だよ」

「そうだったな」

口調を変えて、半九郎がつづけた。

「暁《あかつき》七つまで一家にいる。何が起きるかわからないからな。悪いが壁にもたれて仮眠をとらせてもらう」

「夜具を敷いて、しっかりと眠ってくだせえ、といいたいところだが、何があるかわからねえ。それで我慢しておくんなさい」

申し訳なさそうに大造が応じた。

暁七つ（午前四時）まで、何事も起きなかった。

蛇骨長屋にもどった半九郎は、南天堂を叩き起こした。

つっかい棒を外し、表戸を開けた南天堂が、寝惚け眼をこすりながら顔を出した。

「何だよ、半さん。何事かとおもったよ。入りな」

表戸の脇に躰をずらした南天堂の脇を通って、半九郎が足を踏み入れた。

「どれ、寝直すか」

つっかい棒をかけながらつぶやいた南天堂に、半九郎が声をかけた。

「相談があるんだ」

「何だって。勘弁してくれよ。まだ眠いんだ」

さっさと座敷に上がった半九郎が、布団のそばで胡座《あぐら》をかいた。

南天堂が、布団に横になった。

「座らなくてもいいだろう。これでも話せる」

「お夕と友吉について、火焔の親分がいったことばが気になっているんだ」

「親分が何といったんだ」

「『ほとぼりがさめるまで、目につきやすいところにいねえほうがいいだろうよ』と親分はいった。置屋の主人の鴈三郎の出方が読めないから、ともいっていた。この際、おもいきって、いままでの友吉の住まいを引き払わせて、どこかに引っ越しさせたほうがいいのではないか、とおもったのだ」

「そうだな。火焔の親分の手前、仕方なく手を引いたが、置屋の主人にしてみれば業腹だろうな。亭主の性分次第だが、しつこい奴なら、腹立ち紛れに悪さをしかけてくるおそれもある。裏の渡世に染まった奴なら、きっとそうする」

「おれも、そうおもったから、南天堂の見方を聞きたかったんだ」

じっと南天堂を見つめて、半九郎がことばを重ねた。

「南天堂、お夕たちの住む場所を探すのをてつだってくれ」

「大急ぎの話だな。そいつは大変だ」

起き上がった南天堂が、胡座をかいてつづけた。

「手近なところから始めよう。まず大家さんに頼んだらどうだ。蛇骨長屋は、いま建て増しの真っ最中だ。できあがったところを借りることができるかもしれない」

「そうするか」

「明六つの時の鐘が鳴り終わったら出かけよう。大家さん、寝起きはきっと機嫌が悪いだろう」

無言で、半九郎がうなずいた。

やってきた半九郎と南天堂を見て、大家の久兵衛《きゅうべえ》が不機嫌そうにいった。

「ふたり雁首《がんくび》そろえて、朝っぱらから何だね」

「相談したいことがあって」

神妙な様子で南天堂が応じた。

「座敷で話そう」

背中を向けた久兵衛が、奥へ向かって足を踏み出した。

「知り合いの、これから夫婦になるふたりが住まいを探している。大急ぎの話だし、おれたちも手を貸すことにした。大家さんに貸間の心当たりがあったら、仲介してもらいたい」

座敷に入って座るなり、頼み込んだ半九郎に久兵衛が告げた。

「秋月さんが請け人になってくれるのなら、あるよ」

「ほんとうか」

「ただし、まだ建て増し中だ。普請の音さえ気にならなければ、すぐに入れる貸間が蛇骨長屋にある」

脇から南天堂が声を上げた。

「請け人は、おれも引き受けるよ」

「それなら、ふたりに請け人になってもらおうか」

「話は決まった。長屋を借りるふたりを連れてくるよ。いま半さんのところに泊まりがけで遊びにきているんだ」

適当な作り事をつけくわえて話し、南天堂が立ち上がった。

座敷から南天堂が出て行くのを見届けて、久兵衛が半九郎に切り出した。

「私からも話があるんだ。秋月さんのところに火焔一家の子分が出入りしている。迷惑な話だ。秋月さんにやくざ者を出入りさせないようにいってくれ、とねじ込んできた住人がいるんだ。どういうことだね」

突然、隣の部屋との仕切りの襖が開けられ、久兵衛の娘のお町《まち》が飛び出してきた。

「お父っつぁん、秋月さんにかぎって心配しなくて大丈夫よ。それなのに、何て言い草。どういうことだね、なんて口のきき方、しちゃ駄目でしょう」

溜息まじりに渋面をつくって、久兵衛が応じた。

「お町は秋月さん贔屓だからな。わかった。もういわないよ」

そういって久兵衛がうつむいた。

「ゆっくりしていってくださいね。いま湯を沸かしているから」

と笑顔を向けてお町が座敷から出て行った。

ほどなくして、南天堂がお夕と友吉を連れてきた。

久兵衛の前に座ったふたりを、そばに控えた南天堂が久兵衛に引き合わせた。

笑みをたたえて久兵衛が話しかけた。

「話は秋月さんから聞いた。今日から住んでもいいよ」

「ほんとうですか」

「よかった」

相次いで、友吉とお夕が喜びの声を上げた。

半九郎と南天堂が顔を見合わせる。

「貸間に案内しよう」

声をかけて、久兵衛が立ち上がった。

その日の昼過ぎ、半九郎は河合の屋敷の表門の前で、小川と話していた。

河合たちを屋敷の外に引っ張り出す妙案を考えついた上での、半九郎の行動だった。

(浪人たちは相変わらず動きまわっている。根を断たないと浪人たちの動きは止まるまい。河合を処断するしかない)

そう半九郎は腹を決めている。

「火焔の大造が動かした女衒たちと買い手たちの間で取り交わされた証文と、火焔の大造と河合殿が取り交わした、女たちの売買の仲介を依頼する旨を記した証文を、火焔の大造から預かっている。証文はおれの勝手にしていいとの約束も、大造から取りつけている。これらの証文を五百両で買い取れ。明日夜五つ、根津権現《ねづごんげん》の本社裏の林で待っている。こなければ、すべての証文をしかるべき筋に届け出る」

大造がらみのことは、すべて嘘も方便の話だった。

聞いている小川の顔が引きつっている。

「つたえたぞ。返答は聞かずともよい。さらばだ」

告げるなり、半九郎は踵《きびす》を返した。

ゆったりとした歩調で歩きながら半九郎は、

(河合たちは必ずくる)

との確信を抱いていた。

細めに開けられた物見窓から、河合が様子を窺《うかが》っているのを、半九郎は端から察知していた。その河合が発する凄まじい殺気も、半九郎は感じ取っていた。

背中に浴びせかけられる、みなぎる殺気が半九郎に、

(間違いなく河合は根津権現にくる)

との確信を高めさせていた。

一度も振り返ることなく、半九郎は歩を運んでいく。

## 六

翌日夜五つ（午後八時）前、半九郎は根津権現へ向かっていた。手に風呂敷包みを下げている。

根津権現の南に位置する根津門前町《もんぜんちょう》には、料理茶屋が建ちならんでいた。根津門前町と根津権現近くの、古くは谷中道といわれた往来の両側一帯にある根津宮永町《みやながちょう》には、

〈口舌してねずとや今朝のほととぎす〉

と詠《よ》まれるほどの、江戸有数の岡場所があった。

根津の妓楼と音羽《おとわ》の売色の二ケ所は、土地がさびれないようにと四代将軍綱吉《つなよし》の生母である桂昌院尼《けいしょういんに》の肝煎《きもいり》で建てられたもので、他の岡場所は手入れなどにより取り捨てられることがあっても、この二ケ所は見逃された。

さすがに江戸有数の岡場所だった。まだ茶屋などの見世見世には明かりが灯《とも》って

いる。通りには、遊びにきた客たちがそぞろ歩いていた。半九郎は、わざと人の往来の多い根津門前町の通りをたどって、根津権現の裏手へ出た。人混みのなかでは、多数の敵から襲われることはない、と判じて選んだ道筋だった。

本社裏の境内で、河合郡兵衛と小川、坂本、小林が立っていた。

「室岡道場の連中は配置についているのだな」

問いかけた河合に小川が応えた。

「室岡と何度も、秋月をどう始末するか、その手立てを話し合いました。浪人たちは林の木々の間に潜んでいます。万事抜かりはありません」

「後は待つだけだな」

河合がいったとき、坂本が声を上げた。

「きました」

やってきた半九郎が、河合たちと対峙する。

左手に持った風呂敷包みを掲げて、半九郎が話しかけた。

「ここに証文が入っている。五百両と引き換えだ」

その瞬間……。

小川がよばわった。

「いまだ。室岡道場の方々」

なぜか半九郎が手にした風呂敷包みを、いとも無造作に足下に置いた。

大刀の鯉口すら切ろうともしない半九郎に、河合が焦った。

「なぜだ、小川。なぜ、浪人たちは出てこないのだ」

「わかりません。さっきまでは、浪人たちはたしかにいました」

はっ、と気づいて小川があわてた。

「室岡が、ここにきてから、仕事代を百両ほど上乗せしてくれ。秋月をつけさせた浪人四人が道場にもどってこない。斬られたのだろう。秋月は強い。斬られた浪人たちの見舞金がかさんでいる、と言い出したので　わかった。殿に話す。上乗せする金は払う。殿を説得すると約束する、といったら、そうか、と室岡は応えたのですが」

不敵な笑みを浮かべて、半九郎が声をかけた。

「いまの話で読めた。おれが裏手の林のなかに入ったとき、浪人がひとり出てきた。やりすごそうとおもって大木の陰に身を潜めていたら、次々と浪人たちが林から出てきて、根津門前町のほうへ消えていった。十数人ほどいた」

「ほんとうか」

訊いてきた河合に半九郎が応えた。

「おれは、たしかに見た。金で買われた奴らだ。金にならぬとおもって引き上げたのだろう。おれに訊く必要はない。もう一度、室岡道場の奴らに呼びかけてみたらどうだ」

目配せした河合の意を受けて、再び小川が呼ばわった。

「室岡道場の方々、出てきてくれ。出てこぬか」

岡場所でかき鳴らす三味線と太鼓の音が聞こえてくる。

風のない夜だった。

林のなかからは、葉音ひとつ聞こえてこなかった。

「室岡の奴め。許さぬ」

憤怒《ふんぬ》した河合が甲高い声を上げた。

見据えて半九郎が告げた。

「河合殿の心底は見えた。取引は終わりだ」

「おのれ。腕尽くでとる」

河合が大刀を抜く。

怯《おび》えたように顔を見合わせた小川たちを、河合が怒鳴りつけた。

「何をしている。刀を抜け。証文を取り返すのだ」

あわてて小川たちが大刀を抜いて、身構えた。

大刀の鯉口を切った半九郎が、悠然と刀を抜く。

右青眼に構えて、半九郎が告げた。

「草同心、秋月半九郎。与えられた一殺多生の特権により、おぬしらを処断する。斬奸《ざんかん》」

右八双に構えなおした半九郎が、河合たちに向かって駆け寄った。

必死になって坂本と小林が斬りかかる。

走り抜けざま、刃を左右に振って、半九郎が小林と坂本の首の根を斬り裂く。

首から血を噴き上げながら、坂本と小林が同時によろけて、頽れた。

再び右八双に構えなおした半九郎に、小川が突きかかる。

一歩横に身を躱《かわ》した半九郎が袈裟懸けに大刀を一閃《いっせん》する。

肩口から腹に向かって断ち斬られた小川が、横倒しに崩れ落ちた。

「くるな。くるな」

後退《あとずさ》りながら河合が滅茶苦茶に刀を振り回す。

「女たちを殺せと命じた河合殿らしくない振る舞い。武士らしく立ち合え」

「おのれ、くるな。おのれ」

大刀を振り回しつづける河合に、半九郎が迫る。

「女たちの命も、貴様の命も同じ命だ。女たちの命は、簡単に奪っても、自分の命は惜しいか」

「死にたくない。金をやる。見逃せ。おれは天下の旗本だ。武士に二言はない。金をやる。千両やる。死にたくない」

「斬罪《ざんざい》」

右上段に構えたまま、一跳びした新九郎が斜めに刃を振り下ろす。

受け止めようとした河合の大刀を撥ね飛ばした半九郎の刀が、勢いにまかせて河合の首も斬り落とした。

空に飛んだ首を追うように数歩歩いた河合の躰が、前のめりに倒れ込んだ。

躰の前方に落ちた河合の首が、弾んで転がる。

河合の首と、骸《むくろ》に目を走らせた半九郎が、ゆっくりと大刀を鞘におさめた。

風呂敷包みをひろいあげた半九郎が、振り向くことなく歩き去っていく。

根津権現本社の裏手には、河合の首と躰、小川、坂本と小林の骸が、地獄の邏卒《らそつ》の迎えを待っているかのように、闇に抱かれて転がっていた。

## 七

二日後の夕方、その部分だけ普請を終えた、いまだ建て増し中の蛇骨長屋の友吉とお夕の住まいで、お夕と友吉の祝言《しゅうげん》が行われていた。

ふたりが祝言を急いだのには、わけがあった。

茂作が、

「本納に帰って、御主人に早く報告しなければいけない。お三の親たちにも、形見の品を渡してやりたい」

といいだし、お夕が、

「お父っつぁんのいるうちに形ばかりでもいい、友吉さんと祝言をあげたい。祝言しているあたしの姿を、お父っつぁんに見せてやりたい」

と懇願したからであった。

昨日のうちに、半九郎とともに友吉とお夕、南天堂と茂作が末吉の奉公する店から大八車を借りて、友吉が住んでいた長屋に出向いた。

友吉が大家に挨拶に行き、急に引っ越すことになったことを告げ、荷物を運び出した。

置屋の主人の息のかかった連中が張り込んでいるかもしれない、と半九郎が警戒したが、それらしき気配すら感じなかった。

男所帯でたいした荷物はなかった。錺職の道具と家財道具を大八車に積み、友吉が牽《ひ》き、南天堂と茂作が後ろから押して蛇骨長屋へ運んだのだった。

その日のうちに、家財道具の片付けを終えた。

文字通り、着の身着のままだったお夕は、お町に案内されて近くの古着屋へ行き、身につける最低限のものと、化粧の道具一式を買いそろえてきた。

祝言に出す菜は、早めに廻り髪結いの仕事を切り上げて、昼過ぎに帰ってきたお仲が支度をした。

酒と肴三皿が載せられた、久兵衛から借り物の角盆が祝言に列した者たちの前に置いてある。

上座にあたるところにお夕と友吉が、両側の壁に沿って、一方に茂作、半九郎、南天堂、お仲が、向かいあってに久兵衛とお町、末吉とお郁夫婦が座っていた。

久兵衛が下手な高砂を謡い、お夕と友吉が三三九度の盃をかわした。

花嫁衣装も身につけていない普段着のお夕と友吉の、形ばかりの祝言だったが、三三九度の盃を酌み交わしたときには、友吉もお夕も、堪《こら》えきれずに涙を溢れさせた。

茂作は目頭を押さえ、お仲は指で頬にこぼれ落ちた涙を拭っている。

意味もなく南天堂は微笑んでいた。久兵衛とお町は、楽しげにことばを交わしている。

祝言の場に身を置きながら半九郎は、茂作をたすけた日から、あわただしく過ぎ去った探索の日々を思い起こしていた。

心残りは多々あった。

(河合から騙されて知行地から連れてこられた娘たちのうち、救えたのはお夕ひとりだけだった)

とのおもいが強い。

しかし、少なくとも娘たちの命は守ってやることができた。そのことだけでも、上出来だとおもうべきだろう。半九郎は、そう考えたほうがいい、と自分にいい聞かせた。

幸せそうにお夕と友吉が微笑みあっている。その様子を眺めているうちに、半九郎はおもわず笑みをこぼしていた。

翌朝、お三の形見の品をくるんだ風呂敷包みを下げた茂作が、お夕と友吉、半九郎、お仲、南天堂に見送られて帰って行く。

蛇骨長屋の路地木戸の前に立って見送る、お夕や半九郎たちを何度も振り返りながら、茂作が次第に遠ざかっていった。

そんな半九郎たちを、近くの建屋の外壁に身を寄せて、陰ながら見つめているふたりの武士がいた。

小袖を着流し、大小二刀を腰に帯びただけの、忍び姿の大岡と吉野だった。

顔を大岡に向けて、吉野が話しかけた。

「一昨日の夜、一件落着の知らせと茂作なる者が本日明六つ過ぎに、故郷に帰る、と記した秋月からのつなぎ文が拙宅に投げ込まれました。河合様の一件が落着したことなどを報告したら、御奉行が、わしも見送りに行こうといいだされ、正直いって驚きました。こうしてほんとうに見送りしてもらえるとは、おもってもいませんでした」

「秋月は、よく働いてくれる。わしは秋月が扱う事件が落着するごとに、陰ながら秋月の姿を見届けてやろうとおもっている。それが秋月の労に報いる、せめてものわしの気持ちだ」

「そのおことば、秋月につたえたら、ありがたくこころに留め置くでしょう」

半九郎に目を向けたまま、大岡がいった。

「わしが河合の屋敷に乗り込んだとき、投げ文があった、と事件を知ったきっかけについて作り話をした。そのとき使った、投げ文ということばが、わしにひとつの施策をおもいつかせた。町人たちの本音の訴えを投げ入れることができる箱を、評定所か町奉行所の前に設ければ、庶民の声を聞くことができる。庶民たちの本音を取り入れた施策を政に取り入れるべきだと、上様に言上しようとおもっている」

「それは、よい考えかと」

真摯《しんし》な面持ちで吉野が応じた。

大岡のおもいは、享保《きょうほう》六年（一七二一）に実現した。評定所前に目安箱が設置されたのだった。

辻を曲がれば、茂作の姿は見えなくなる。その姿が消えるまで、身じろぎもせず半九郎たちは見送っていた。

たおやかな陽差しが、半九郎たちを暖かく包み込んでいる。

本書は書下ろしです。

## 実業之日本社文庫　好評既刊

鳥羽亮
**残照の辻　剣客旗本奮闘記**
暇を持て余す非役の旗本・青井市之介が世の不正と悪を糾す！　秘剣「横雲」を破る策とは!?　等身大のヒーロー誕生。（解説・細谷正充）
と21

鳥羽亮
**茜色の橋　剣客旗本奮闘記**
目付影働き・青井市之介が悪の豪剣「二段突き」と決死の対決！　花のお江戸の正義を守る剣と情。時代書き下ろし、待望の第2弾。
と22

鳥羽亮
**蒼天の坂　剣客旗本奮闘記**
敵討ちの助太刀いたす！　槍の達人との凄絶なる決闘。目付影働き・青井市之介が悪を斬る時代書き下ろしシリーズ、絶好調第3弾。
と23

鳥羽亮
**遠雷の夕　剣客旗本奮闘記**
目付影働き・青井市之介が剛剣〝飛猿〟に立ち向かう！　悪をズバっと斬り裂く稲妻の剣。時代書き下ろしシリーズ、怒涛の第4弾。
と24

鳥羽亮
**怨み河岸　剣客旗本奮闘記**
浜町河岸で起こった殺しの背後に黒幕が!?　非役の旗本・青井市之介の正義の剣が冴えわたる、絶好調時代書き下ろしシリーズ第5弾！
と25

## 実業之日本社文庫　好評既刊

鳥羽亮
### 稲妻を斬る　剣客旗本奮闘記
非役の旗本・青井市之介が廻船問屋を強請る巨悪の正体に迫る。草薙の剣を遣う強敵との対決の行方は!? 時代書き下ろしシリーズ第6弾！

と26

鳥羽亮
### 霞を斬る　剣客旗本奮闘記
非役の旗本・青井市之介は武士たちの急襲に遭い、絶体絶命の危機。最強の敵・霞流しとの対決はいかに。時代書き下ろしシリーズ第7弾！

と27

鳥羽亮
### 白狐を斬る　剣客旗本奮闘記
白狐の面を被り、両替屋を襲撃した盗賊・白狐党。非役の旗本・青井市之介は強靭な武士集団に立ち向かう。人気シリーズ第8弾！

と28

鳥羽亮
### 怨霊を斬る　剣客旗本奮闘記
総髪が頬まで覆う牢人。男の稲妻のような斬撃が朋友・糸川を襲う……。殺し屋たちに、非役の旗本・市之介が立ち向かう！　シリーズ第9弾。

と29

鳥羽亮
### 妖《よう》剣《けん》跳《おど》る　剣客旗本奮闘記
血がたぎり、斬撃がはしる!!　大店を襲撃、千両箱を奪う武士集団・憂国党。市之介たちは奴らを探るも、逆襲を受ける。死闘の結末は!?　人気シリーズ第10弾。

と210

実業之日本社文庫 よ55

騙《だま》し花《ばな》　草《くさ》同《どう》心《しん》江《え》戸《ど》鏡《かがみ》

2020年2月15日　初版第1刷発行

著　者　吉《よし》田《だ》雄《ゆう》亮《すけ》

発行者　岩野裕一
発行所　株式会社実業之日本社
〒107-0062　東京都港区南青山5-4-30
CoSTUME NATIONAL Aoyama Complex 2F
電話［編集］03(6809)0473［販売］03(6809)0495
ホームページ https://www.j-n.co.jp/
DTP　ラッシュ
印刷所　大日本印刷株式会社
製本所　大日本印刷株式会社

フォーマットデザイン　鈴木正道（Suzuki Design）


ISBN978-4-408-55567-6（第二文芸）